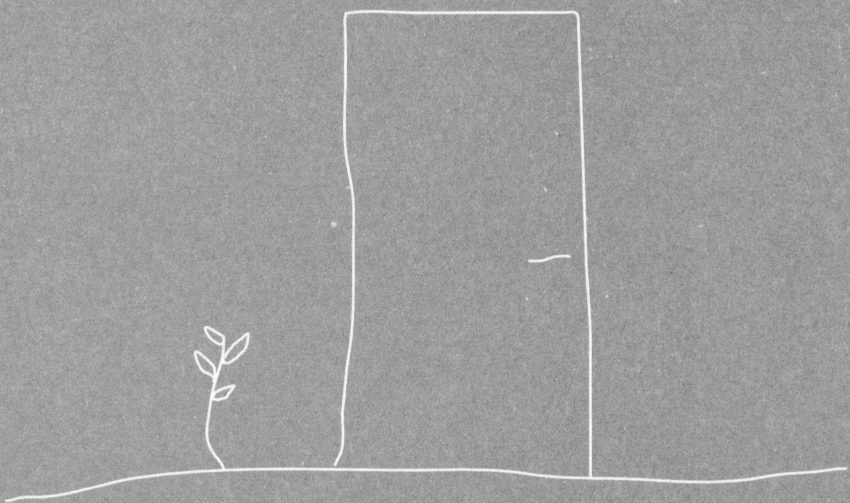

Não cuido só de quietude. Em essência, minha casa é meu chão e por mais literal que isto seja é o que posso dizer. Talvez ela mostre com mais acuidade como se realizou o soerguimento de um ser que não tinha chão.

EDITORAS ASSOCIADAS

A LIVRARIA BRANCA

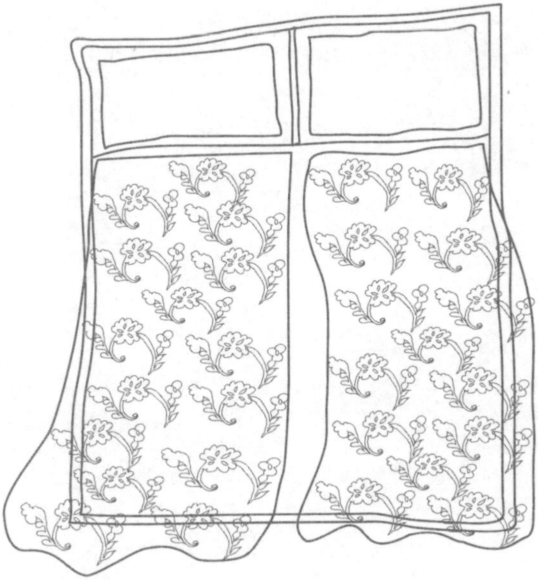

Maria Helena Lira

Agradecimentos

Ana Maria Portugal,
agradeço por sua integridade, estímulo e escuta impecável.

Lúcia Castello Branco,
obrigada pela leitura prévia e os deliciosos encontros literários.

Glaura,
obrigada pelos retoques e capricho com o projeto.

Luciana Tanure,
meu agradecimento especial por sua dedicação e carinho.
Lu, você faz as coisas acontecerem!

Agradeço a **Alencar Perdigão e Cláudia Masini**,
que também contribuíram com a edição.

Para minhas filhas:

Júnia, Gabriela e Andréa

Ó queridos animais é para vós que escrevo,
que o texto e a música sejam fortes,
simplesmente nus, e nos façam correr pelas escadas,
não porque haja perigo em cima,
não porque haja perigo embaixo,
mas porque aquele que chegar primeiro terá a prenda
que é só uma, a substância de correr e de ver primeiro o céu azul

(Maria Gabriela Llansol, "O jogo da liberdade da alma")

Um enorme espaço vazio caiado de palavras brancas ______ não é
um templo, não é uma casa (nem esta nem aquela),
não é uma concha, não é uma gruta.

Tento ler as palavras, dar-lhes a voz de um cântico antes de as ler,
pois se avizinham as réplicas,
e em conjunto confluem, e se organizam por temas.

Subtraio detalhes que me tornam mais lúcida.
Os pormenores do vazio são mais cheios de sentido quando
se tornam melódicos.

(Maria Gabriela Llansol, "Os cantores de leitura")

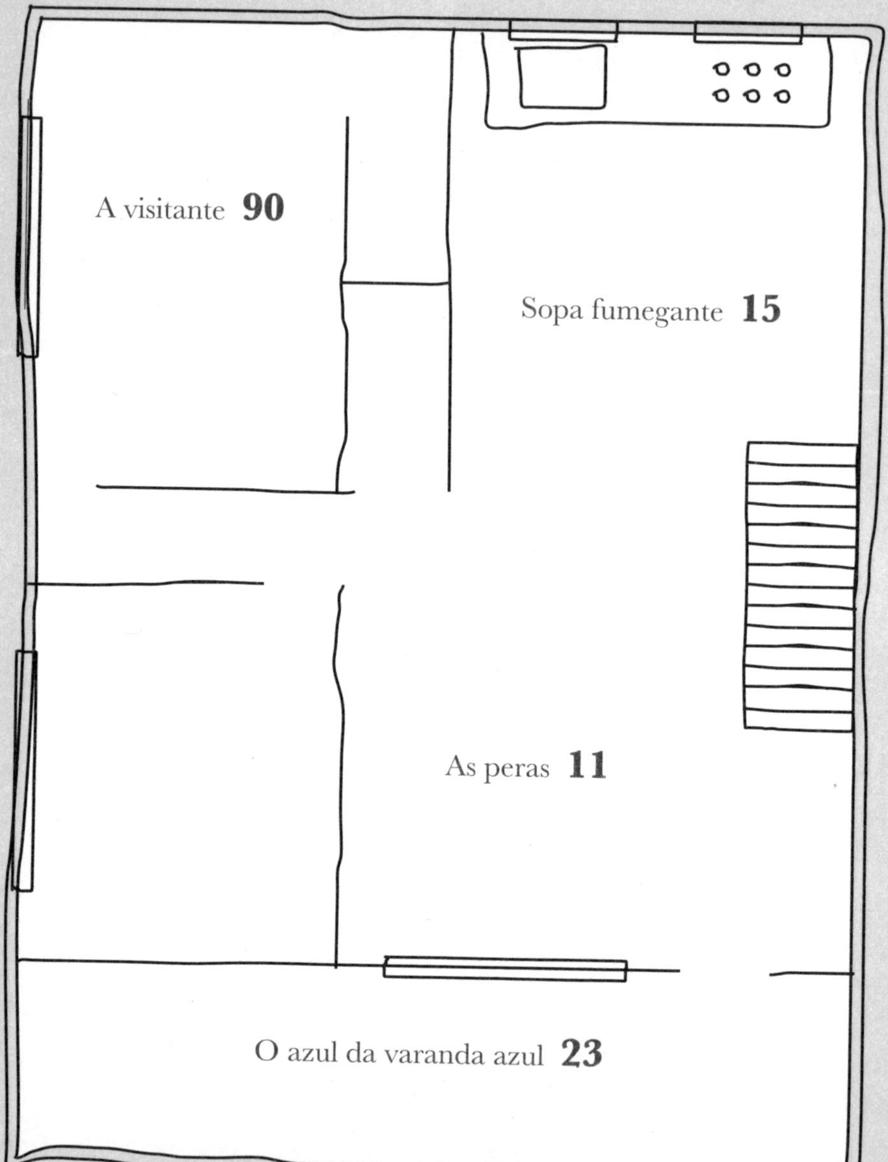

Sumário

As Peras

Ásperas. Foi como sentiu suas mãos naquele instante. Seriam onze horas de uma manhã quente e abafada de primavera. Naquele horário já se podia antever o que as casas preparavam para o almoço, com seus cheiros de refogados resvalando pelas ruas.

A cidade estava esbranquiçada e o sol, por trás do céu nublado, opaco como lâmpada. Na placidez daqueles anos, os telhados vermelhos se espalhavam pelo vale e era possível avistar dos pequenos jardins e quintais as serras ao longe e estreitas estradas de terra.

No interior da casa, a paz das nuvens atravessava as cortinas rendadas que propiciavam a visão da folhagem das árvores envoltas no branco enevoado. Ao se entrar na sala, o olhar corria para uma escada com degraus de mármore e balaustrada trabalhada de flores em ferro batido. Uma luz prismática a iluminava.

Naquela tarde de outubro, três peras estavam esquecidas sobre a mesa de jantar. A mesa estava iluminada pelas janelas que davam para uma curva de jardim e suas cortinas tremulavam em uma cadência vaporosa constante. As peras verde-claro combinavam com a serenidade que se buscava ter na casa depois dos acontecimentos.

Em todos os lares ocorrem episódios e fatos marcantes e neste houve morte como em muitos. As pessoas se perguntavam como certas mães amorosas e amadas sobrevivem a eventos que parecem eclipsar toda a realidade construída anteriormente, todo o amor e esforço pela vida e pela paz.

O filho escapara de suas mãos. Ela nunca pensou que fosse uma dessas mães a quem a vida rouba um filho, nunca pensou que estivesse destinada a isso. Nenhuma explicação a consolava e nenhuma palavra minimizava seu pesar que já se arrastava há algum tempo.

Alguns familiares mais íntimos afirmavam que as razões dos acontecimentos que fizeram ruir seu mundo, decorreram de um fenômeno reconhecido por médicos e profissionais entendidos. Apesar disso, para ela, todas as explicações convencionais deviam ser rejeitadas em favor de alguma outra que fosse, antes de tudo, capaz de suprir as exigências de seu amor e dedicação. Uma explicação, que cumprisse a tarefa de fazê-la compreender e ponderar porque seu desvelo não bastou ou por quais caminhos seu amor não seguiu.

A casa conforme a tarde passava, permanecia silenciosa, bem como, de acordo com seus próprios cuidados estava impecavelmente em ordem, perfumada e clara, apesar do escurecer do céu pela chuva.

De repente, sentiu conforto ao ver as peras sobre a mesa. Quer se descubra ou não a razão para o súbito acalmar da sua angústia, pois a cena em si não tinha a menor importância, tendo em vista sua gratuidade descartável e simples, o fato é que nesse instante algo brotou em seu coração: ela pôde vislumbrar a possibilidade de continuidade.

Já fazia alguns dias que estava sentindo medo da proximidade das emoções do final do ano, que poderiam lhe causar tristeza e também ansiedade por talvez não conseguir levar adiante seu dever de comparecer às comemorações. Nesse instante, porém, começou a sonhar com as festas do final do ano. Permitiu-se pensar na possibilidade de participar discretamente, embora ainda não soubesse como faria isso.

Ao contemplar mais uma vez as peras percebeu que havia um modo de ser simples e ainda assim comemorar e pressentiu que com o correr dos dias, esse modo se explicitaria melhor em seu coração. Ao término desse pensamento, acariciou suas mãos e elas não lhe pareceram tão ásperas como antes.

Sem medo e de forma sonhadora, decidiu que participaria dos preparativos e das festas de natal e ano novo, com certa discrição e sem nada realçar.

"Ser simples e ainda assim existir", foi o que pensou.

Existir como as peras sobre a mesa, realçadas em sua beleza pelas cortinas brancas e combinando com a folhagem verde clara, molhada de chuva. Subiu as escadas e parou no patamar para avistar as peras do alto. Durante o tempo em que as olhava, uma lenta queimação a transformava por dentro.

Deu-se conta de que já fazia algum tempo que não falava as frases de antes, pois não tinha as mesmas convicções, mas imaginou que poderia progredir em algum aspecto. Ela poderia mostrar sua existência como as peras se mostravam em cima da mesa: agrupadas, parcamente iluminadas pelas nuvens e transmitindo sua realidade simples.

Uma realidade de peras, não muito sumarentas nem exageradamente atraentes, simplesmente como natureza que leva adiante seu ciclo de vida. Temperança.

Sopa fumegante

A sala sossegada se encontrava em suave penumbra. De quando em quando ouvia-se o uivar de um cão ao longe. A tarde havia sido muito quente e a casa de Elora realçava em seu branco. Escurecia quando contemplou por entre as vidraças o horizonte ainda claro dissipando-se no manto de céu escuro.

Promissora em sonhos e perpassada por leves esperanças, a casa seguia seu ritmo de todos os dias. Já estava com as venezianas fechadas, mas as cortinas enfunavam-se levemente por suave brisa. Viria essa brisa do corredor da cozinha, de onde exalavam os aromas rescendentes de uma sopa?

Comentavam que Elora vivia muito reclusa em sua casa reluzente bem no cume de um bairro montanhoso, cuidando da quietude das plantas, da vista que dali se vislumbra e dos seus objetos. Ela respondia contundente: não é nada disso, amo o mundo e as pessoas. Um dia serei mais desprendida, espero que sim. Sinceramente.

***

Não cuido só de quietude. Em essência, minha casa é meu chão e por mais literal que isto seja é o que posso dizer. Talvez ela mostre com mais acuidade como se realizou o soerguimento de um ser que não tinha chão.

Sempre me perguntam de onde eu sou.

"De onde são suas raízes?"

Não sou desta grande cidade no meio das serras. Isso pode até ser desenraizamento, mas não é um desplante. Trata-se de um não pertencer. Talvez não seja por acaso que eu goste tanto da luz transversal que atravessa minha sala neste horário da tarde durante o verão: não dá para saber de onde ela vem. É luz desenraizada, enigmática e forasteira: traz lembranças enquanto o dia se desvanece.

Estamos saindo de um verão fortíssimo. Dias seguidos de sol ofuscante abrasaram a cidade que parecia tremular sob a luz acalorada. Mas, hoje, finalmente, as ruas receberam frescor, uma viração trouxe o ar dos morros e as calçadas pararam de arder. Nesse instante a tarde cai e uma luz esmaecida começa a derramar uma sensação de inverno em pleno verão. Daqui a pouco, vamos sentir uma doçura se espalhar pelos jardins, a brisa continuará a bater nos muros ainda quentes e logo mais, o lilás escuro vai se transformar no azul noturno que estenderá sua orla de sombras indistintas pelas ruas.

Agora mesmo, um chuvisco de nada trouxe um aroma de terra molhada para dentro de casa e os matizes do fim do dia incidiram enevoados pelas vidraças da sala sossegada. Quieta como um rio tranquilo.

Na meia-luz os objetos emanam suas sombras azuis do início da noite e eu os observo por alguns momentos, um por um: pequenos quadros dourados de paisagens perdidas, uma dama de porcelana, um antigo vaso cor de vinho. Quero usufruir da beleza muda, da paz do entardecer e da luz transversal.

Nos meses de abril e maio o sol se demora um pouco mais no assoalho, na mesa de centro, nas paredes espelhadas que revestem a estante de lembranças e fazem cintilar os candelabros. Dentro de poucas semanas, as tardes se tornarão um pouco mais escuras e frias e a luz mais alongada se recolherá mais cedo. Por enquanto, as tardes ainda carregam muito esplendor.

Mais um instante e a noite chegará. Vou caminhar de sala em sala e pelos corredores, por entre ilhas de silêncio, aproximando-me dos cantos para acender as luzes escondidas. Faço isso todos os dias.

A casa está organizada: pequenas almofadas aqui e ali afloram nos sofás, a louça resplandece nos armários de vidro e o chão está recém encerado. Da entrada das áreas flui uma aragem fresca e sobre a mesa encontra-se o bolo feito no meio da tarde. Todos os sentidos estão calmos. O cão distante se calou.

A sopa está fumegando.

Pelos lados da lavanderia, um rastro de vida molhada continua navegando e se espalha pela casa. Nos últimos momentos da tarde respingava água no tanque e o barulho de vassouras e conversas ensolaradas ainda preenchia o ar.

Agora se forma a hora deserta de todos os dias.

Logo mais servirei a mesa embalada de paz e os resquícios

da tarde cantarão baixinho dentro de mim. Verterei a sopa na terrina branca e sentirei um fluxo de alegria. Os desejos trazidos pela noite começarão a vibrar alimentados pela expectativa de chuva forte. Parece que vai despencar um temporal friorento. Amo as tempestades, embora às vezes sinta medo.

***

Coração palpitante, sossegado silêncio, casa adormecida. Nesse momento Elora poderia escrever. Essa parte de seu mundo não existe para ninguém. Isso não dói, nem tem nenhuma importância. Convireis que a única importância que tem é o fato deste mundo existir assim mesmo.

O tom terroso do rosa pêssego

Agora não importa como nos pareça o tom de rosa. A casa está desesperada e sua beleza ameaçada. Ela não deveria ser considerada à parte de sua história.

Do mesmo modo como foi construída, no momento em que se desmanchavam alguns sonhos e outros mal, mal resplandeciam, assim a casa acreditou ter encontrado sua função de guia das coisas futuras e inspiradora das proezas corajosas.

Desde seus primeiros dias, a casa expressou sua face modernista, da qual se orgulhava, mas ela possuía também um lado romântico em sua concepção. Na verdade, abrangia uma mistura de estilos e isso desapontava as pessoas entendidas. A sala de jantar, em balanço, era suspensa por colunas escondidas e havia uma grande beleza em seu assentamento. Sua localização na lateral oeste do jardim resultara dos conhecimentos acerca da influência do sol dos trópicos sobre as plantas de sombra. Por conta desta sabedoria, plantas e flores de sombra vicejavam lindamente na umidade morna embaixo da sala suspensa.

Ao longo de todo o jardim, a folhagem guardava suas flores de muitos tons escondidas nos verdes mais íntimos. Uma grande quantidade de gerânios era sempre replantada no início do inverno e fim da primavera.

Jamais se pensou em um tom vermelho para pintar a casa, mas talvez ficasse bonito. Certamente acharam que uma cor mais clara seria preferível e decidiram-se por um rosa escuro terroso que, nos dias ensolarados, tornava-se cor de pêssego.

Situada na rua mais alta do bairro, de seu jardim era possível avistar a cidade, desde o vale abaixo, repleto das construções mais antigas e dos prédios que foram se formando, até o topo mais longínquo da cidade, onde se distinguiam as luzes do aeroporto. Do jardim da casa descortinava-se a visão magnífica de crepúsculos sem igual e olhando-se contra o sol via-se, nesse instante, que o tom de rosa terroso tornava-se mais pêssego do que o tom inicialmente escolhido. A casa se transmutava em outras belezas.

A porta de entrada principal, no estilo de uma porta claustral, ressaltava aos olhos e a tudo que se pudesse olhar. Raramente se via madeira de tanta beleza: surpreendente na cor, na firmeza e em todos os detalhes trabalhados. Retornando nosso olhar para a vista frontal da casa, veremos que ela cresce para a direita com mais um corpo de casa. Isso significa que após a sala de jantar em vão suspenso, seus cômodos se distribuem à direita com mais dois blocos imponentes de construção. Desse lado, as janelas passam a ser recompostas na mesma singular estrutura das *baywindows* inglesas, um pouco mais tropicais, digamos, e adornadas com cortinas que caem em gomos, dando um ar suntuoso ao conjunto.

Havia pinheiros no jardim. Estas árvores, quando plantadas nas regiões tropicais não sombreiam uma área com abundância, mas fartam-se na beleza imponente das alturas, contrastando com a aparência mais rústica e aconchegante das árvores dos cerrados. A casa reunia os traços característicos da prosperidade e esperança, só de avistá-la se acreditava em algum sonho, seu perfume de varandas lavadas, jardins regados e roupas ao sol remetiam à fartura e certeza dos dias que se seguem, um após o outro.

Da calçada, a folhagem em tons de verde escuro nas áreas sombreadas, perto das janelas, encantava pelas flores brancas. Caminhemos no entorno da casa: seu tom de rosa fica mais escuro na lateral por causa da luz refratada que incide por esses lados, por ali misturam-se bicos de papagaio e os gerânios vermelhos formando um amálgama de tons escarlates.

Seguindo por uma linha simples de raciocínio, sabemos que a atmosfera da casa, como de qualquer outra, informa algo sobre os moradores, as famílias que ali vivem, suas vidas, os laços entre as pessoas e a sociedade de uma época. Que tempos seriam aqueles? Que sonhos, que desejos e inclinações rondariam a casa? Que convicções?

É tarde. Não há nada que se possa fazer. A casa não vai mais existir.

O que ela representou para a cidade e para si mesma, não saberemos ao certo. Alguns mistérios permanecem indesvendáveis.

Outro dia, um rapaz que estava no jardim fazendo medições, escutou uma frase vinda de dentro da casa, pelos lados da cozinha. Ele não queria escutar, mas era uma voz de moça nova e prestou atenção:

– Há quem se dá o direito de fazer um trabalho que ama e ser paga por ele. Não eu. Se for uma coisa que amo, não posso receber por ela, e se é uma coisa pela qual sou paga, então não posso amá-la, porque não posso ter tudo.

Nós, que não vivemos as aflições da casa, nunca seremos capazes de compreender os significados de suas entranhas. As palavras que acabamos de ouvir foram as últimas escutadas com a casa inteira e ainda de pé.

Naquela noite, nós a olhamos pela última vez: banhada pela lua, derramando seu rosa noturno em profundo recolhimento.

O azul da varanda azul

A casa se estendia ao longo de um jardim sombreado por dois flamboyants e cercado por um gradil baixo e simples. O caminho de entrada era margeado de agapantos azuis e conduzia à varanda com sua porta de correr envidraçada. Por causa do chão ladrilhado na cor de anil e das pilastras e muretas revestidas de azulejos portugueses a varanda espargia nuanças de azul intenso, quase inexplicáveis, tons demasiado turquesas nos dias ensolarados, azuis bem escuros nos entardeceres e esmaecidos nas manhãs friorentas.

Para as meninas, a varanda estava sempre muito mais azul do que seria esperado. Não causa surpresa que, uma vez sob seu telhado elas tinham a impressão de ouvir um barulho de silêncio azul que vagava por ali.

Na maior parte das vezes que compareciam às aulas de piano, Maria se encontrava no jardim molhando as plantas e as conduzia para dentro da casa através de uma porta lateral lá embaixo por onde acessavam uma copa, dali seguiriam direto para a sala de aulas e elas não viam nada da casa.

Um dia, deram-se conta de que não havia ninguém no jardim e correram para subir os degraus da varanda, rapidamente tocaram a campainha e se colocaram diante da porta principal. Enquanto aguardavam o atender da porta puderam apreciar a folhagem das árvores, muito mais lindas vistas de dentro da varanda, ouviram melhor o ribombar alto dos pássaros e repararam nos ninhos sob as telhas. Estavam entrando na intimidade dos azuis, mas ainda no entremear dos verdes.

As meninas sentiram uma brisa leve, um pouco depois escutaram o barulho de chaves e o resfolegar de Maria abrindo a porta pesada. Foi quando entraram na sala da casa pela primeira vez.

Fascinadas, contemplaram o grande ambiente que se apresentava em toda sua dignidade. Havia um delicado primor. O que mais se distinguia, logo ao primeiro relance, era o tom de safira clara da atmosfera e, ao fundo, o intenso ultramar do piano de calda. Um aspecto intrigante – e esse merecia explicação – era o fato de ser quase possível avistar um vestido de baile emplumado na barra e adornado de laços no decote, em tons de rosa, debruçado ao piano.

Outras vezes tiveram a oportunidade de entrar na sala que para elas continuou a ser a referência de harmonia e beleza para sempre. Os tapetes claros com pássaros, as paisagens dos quadros, tudo ali apaziguava as intuições mais íntimas.

Ocasionalmente sentiam temor de serem surpreendidas por alguém que poderia ter alguma rabugice. No entanto, tal receio não correspondia à realidade reinante que aos poucos ia se manifestando na leveza proveniente do azul claro e elas logo se sentiam tranquilizadas. Adentrar a sala, esbarrar em seus móveis, admirar seus lustres e seus aromas as infundia de um estranho júbilo. Sem dúvida, a atmosfera exercia enorme poder, provavelmente por causa dos desejos da casa de comunicar aos visitantes, mediante seu clima azulado, sua crença em quão essencial era imaginarem-se em outros tempos e lugares.

Seguindo à direita da sala, divisava-se um recinto mais íntimo, seus móveis eram estofados e aconchegantes com vistas para um pátio interno com bancos de pedra e vasos de plantas frondosas bem regadas. No lugar, notavam-se livros sobre as mesas e um sofá que, algumas vezes lhes pareceu de aspecto amarfanhado e onde as meninas inferiam que alguém havia se recostado até tarde deixando-lhe acumuladas as forças da noite. Através de uma porta parcialmente cerrada podia-se sentir o frescor do jardim interno entranhado de luz.

Não por acaso, em decorrência das circunstâncias, as aulas de piano deixaram de ser o verdadeiro propósito e essência daquelas manhãs para as meninas. Aprendia-se muito mais de outras esferas. O objetivo previsto inicialmente – de se tornarem pianistas – era de certa forma inalcançável para muitas alunas, inclusive para elas. Em compensação, alguns ensinamentos assimilados indiretamente pelo conjunto das vivências experimentadas na casa provaram-se duradouros e relevantes para elas e, conforme o tempo passou, escalaram para um grau de valor inestimável em suas vidas.

Mais ao fundo da grande sala íntima, havia a entrada de um longo corredor, onde elas nunca entraram. Eventualmente, provinha dali uma aragem suave que corria pelas salas, muitas vezes impregnada de aromas de banho. Um olhar furtivo e as meninas entreviam, ao longe, pela porta entreaberta, um quarto de armários azuis, emergindo na luz ofuscante do sol da manhã. Uma penteadeira toda salpicada de dourado, muito arrumada com perfumes e escovas. Devia ser o quarto da moça de quem elas haviam ouvido falar. Causava-lhes desalento pensar que a moça havia sido abandonada por um namorado que ela acreditava amar. A pungência das coisas tristes mantidas em segredo parecia adquirir força normativa nesta casa. Quando se analisam os fatos por esse prisma conclui-se que isso foi o que separou a moça de seu caminho.

O cheiro dos banhos e dos perfumes sobre a penteadeira, durante anos permaneceu sem alteração. A corrente de ar vinda do corredor trazia aquele perfume de moça triste. Se, entretanto, uma porção considerável dos dias não trazia novidade alguma, nenhuma notícia ou clamor sobre o ultraje do que lhe acontecera, então esse estado de coisas precisava ser melhor compreendido. Muitos anos se passaram até que ficou esclarecido para todos que a moça do quarto, de onde vinha uma aragem fresca, sofria de uma doença que a prostrava em completo desânimo, esforçava-se muito, mas não conseguia agir. As meninas não acreditavam nisso.

Na primeira vez que as meninas adentraram a varanda azul elas sabiam que era possível considerar a maleabilidade das palavras e a transformação dos seres, isso era a essência da vida. No entanto, uma vez que se concebia essa mesma perspectiva no interior da sala do piano de calda, sob o azul dos azuis, mesmo levando-se em conta a clareza anterior, toda altivez desmoronava.

Espantosamente, no entanto, na lucidez de um grande dia, a moça revelou um pensamento. Foi por acaso – ou talvez não tenha sido por acaso – mas as meninas ouviram-na dizer em voz bem audível:

– Não devo jamais entregar-lhes a minha interpretação dos fatos, isso me pertence e não lhes darei.

Diziam que suas palavras eram irrisórias. Por sua vez, as meninas, ficaram encantadas quando ouviram sua voz.

O episódio ocorreu em certa manhã que nublava. A aula estava por começar e um vento entrecortado, que tudo interrompeu, deixou um registro permanente em suas memórias. Precisamente, naquele dia, o outono se anunciara com volúpia. Uma ventania gelada esfriou toda a casa, a avenida foi invadida por lufadas de vento cortante, as folhas rodopiavam, galhos eram lançados em todas as direções, umas árvores dobraram e se reergueram de novo, as meninas viram.

Durante muito tempo elas ainda frequentaram as aulas de piano, depois pararam. Mais tarde se esqueceram de como se tocava piano, todavia nunca se esqueceram da casa, nem da varanda e seus azuis.

Quando cresceram costumavam frequentar um cinema que, em seus tempos de glória havia sido um teatro e por isso era muito imponente e suntuoso. Possuía um grande saguão com escadarias e na grande sala de cinema, arandelas nas paredes arredondadas de palácio, as quais possuíam lâmpadas azuis, amarelas, verdes e de outras cores. Antes que o filme começasse, as luzes do teto eram apagadas e se iniciava o jogo de luzes das arandelas, acompanhado da música de um piano suave.

Durante alguns segundos ou por um minuto inteiro, todo o cinema ficava imerso no verde, depois no rosa e assim por diante. Ouviam-se risadinhas baixas e o burburinho das pessoas se aquietando. Uns segundos mais e o cinema incorporava o azul da varanda azul. Para as meninas era como se estivessem sob o silêncio dos agapantos, ansiosas por assistirem ao desenrolar de uma história de amor, enquanto aguardavam a felicidade que buscavam. Pouco depois, em total penumbra, seus corações se abririam para serem impressos pelos azuis insondáveis.

A recordação da casa e da moça em sua fala perdida – que elas nunca compreenderam inteiramente – perdurou para sempre.

Até hoje costumam falar secretamente uma para a outra:

– Não sei se estou certa, mas não vou jogar fora minha interpretação dos fatos. Ela me pertence e não a darei a ninguém.

A casa do Grilo

O bairro possuía um chilrear constante de passarinhos e entre outras delícias naturais um morno ruflar de árvores, que guardados pela memória permaneceram como um verão que dura anos.

A casa do Grilo ficava na esquina da ladeira de forte aclive que subia da avenida movimentada com a bonita rua plana do alto, toda arborizada. Quando a casa ficou pronta, passou a ser a construção mais arrojada da região. Muitas pessoas concordavam em afirmar que aquela casa era uma das mais belas da cidade. Tratava-se de uma época de grandes mudanças e todos pareciam ser liberais e modernos.

Diziam que na casa havia uma parede revestida de ouro.

***

Trabalho na casa do Grilo. Ele me paga bem. Cumpro meus horários e deixo as roupas perfumadas. Meias e cuecas, eu as faço ficar branquíssimas sem nenhum produto forte, nada de alvejante, apenas água e sol, nem mesmo anil. Coloco a roupa para quarar na bacia com água, e de quando em quando as esfrego um pouquinho no sabão em barra, vou fazendo isso e elas ficam muito brancas e macias. Quanto aos cuidados com a casa, mantenho as janelas limpíssimas por dentro e por fora, objetos dourados e prateados muito bem lustrados, chão brilhando, nenhum inseto em canto algum.

Ao chegar ao serviço, entro pela garagem, cumprimento o motorista, que é um cara sedutor e de fala difícil. Subo as escadas, troco de roupa em meu pequeno quarto e logo fico pronta para a seriedade do meu trabalho. Só que hoje em dia, estou sempre em aflição. Aflição desmedida. Não se coaduna com as manhãs calmas de sol no meio do nada no topo do mundo.

A questão me transborda, é maior do que consigo controlar. E justamente porque meu marido muda de assunto e me manda esquecê-lo, todas as noites o que mais aparece é o assunto. A questão surge e ressurge todo o tempo. Sinto raiva sim, raiva descomunal. Raiva incontrolável e que parece ter seu centro fora de mim, como se eu fosse uma boneca enlaçada que esperneia de ódio sem poder fazer nada.

Raiva fornece palavras. Não o palavreado difícil e rebuscado do motorista, mas palavras exatas. Quem está do lado oposto ao seu na questão da raiva também tem palavras exatas e perfeitas para o momento. Porque a raiva rege ambas as partes e fornece combustível para amigos e inimigos.

Vou acabar com essa mulherada que veio se intrometer

na minha vida. Imagine só, o Grilo ter a coragem de contratar uma cozinheira com duas filhas e trazer as três para morarem na casa. O Grilo viaja vinte dias por mês, é um homem bom e solitário, mas agora inventou a moda de manter uma família morando na casa, sem mais nem menos. Disse que é para evitar assaltos.

Depois que essa turma chegou, a filha do Grilo fica mais tempo por aqui do que na casa da mãe dela, onde devia ficar! Parece que está querendo vir morar com o pai. O casal se separou faz muito tempo e a menina ficou com a mãe, que é uma mulher moderna, mas frívola em todos os sentidos, vivendo encastelada em seu mundo distante. É o que dizem.

A garota nunca me deu trabalho. Antes não ficava na casa porque seu pai nunca estava, mas agora tem a companhia das duas moreninhas e a cozinheira parece que está virando mãe dela também. Então, quer ficar. Onde já se viu?

É uma boa garota, mas eu perdi minha liberdade, meu ritmo de limpeza e organização. Gostava do meu trabalho de antes, das tardes solitárias, do sossego bom.

Agora tudo mudou. Todos os dias, neste mesmo horário, nesta mesma sala, assistem a uma novela sobre um clandestino dentro de um navio. Riem muito, não sei de quê. Depois as escuto no banho de meninas felizes. Não entendem nada da novela e nem de classe social. Vão levando uma vida assim, muito alegre. Meu Deus, onde isso vai dar?

Meu marido me diz: os desejos das pessoas têm que ser respeitados. Isso me enfurece ao ponto do desvario. Respondo que não sou obrigada a aceitar os desejos voluntariosos de quem quer que seja.

***

Maria do Pilar era uma arrumadeira e lavadeira profissional. Poderia ter feito o que fazem outras empregadas que não se dão bem com colegas de trabalho e desejam evitar desavenças maiores: vão embora. Não Maria do Pilar!

E foi assim que se empenhou numa luta infrutífera, confrontando a cozinheira para discussões e batalhas que não poderia ter esperança de vencer. A cozinheira vinha de um mundo miserável e infame e nada a faria desistir da nova vida que alcançara. O Grilo lhe forneceu um quarto com três camas e banheiro. Conseguiu vaga no colégio católico para as meninas. Ela só teria que cozinhar, vigiar a casa e agradecer. Todos os impropérios e torpeza com que Pilar a atacava não eram muito. Nada a feria ou abalava. Pilar inventava mentiras, dissimuladamente ofendia e criticava as meninas, tentando garantir, com isso, o máximo grau possível de destruição encoberta, mas toda afronta e canalhice não era lama o bastante. A alegria delas voltava e Pilar não podia mais lutar.

Nunca a cozinheira revidou com palavras exatas, inspirada pela raiva – como Pilar secreta e provocativamente desejava – porque aprendeu a não responder a ataques diretos. O que queria era abolir toda a dor passada e evitar que suas meninas revivessem uma única sórdida lembrança sequer.

Sendo assim, ela se tornou uma muralha de defesa. O que havia de mais admirável em sua pessoa era a maneira, de certa forma até mesmo ingênua, com que não desistia de apaziguar e se entregar ao ofício de agradar e acalmar o tempo inteiro. Infelizmente seus esforços redundavam no efeito contrário, fomentando ainda mais o ódio de Maria do Pilar, que passou a considerá-la a clandestina em seu navio.

Um dia, ao invés de surgir o razoável, irrompeu o inominável. Maria do Pilar escolheu permanecer no jogo perigoso que poderia ter optado por não jogar. Seu marido lhe dizia que ela devia aceitar dividir seu espaço. Não aceitou. Mas, a medida do bom senso, esta sim, aceitou perder para sempre.

Por que a sandice tomou corpo em seu espírito? Nunca saberemos. O Grilo afirmou que ela jamais perderia seu lugar.

A famosa parede de ouro de que falavam não era uma parede de ouro, mas uma porta dourada. A porta da infâmia. A porta por onde as palavras da cozinheira tentaram passar, mas não foram escutadas, e foi por onde a bala passou.

A boa mãe nunca soube como as coisas se resolveram com suas filhas.

***

As meninas seguiram em frente, calmas e com Deus no coração, apesar da mãe assassinada. Pilar foi presa. Quanto a mim, vivo uma espécie de morte irreal. Dizem que tenho tudo. Autorizam-me a sofrer um pouco sim, afinal o crime aconteceu na casa do meu pai. Mas sou advertida de que não devo esquecer de que possuo tudo: pai, mãe e riqueza.

Ao contrário das irmãs que possuíam uma dor concreta pela qual sofriam, justificadamente, integrando-a em seu ser, eu fiquei sem nada. Elas tinham o direito de amadurecer a partir do que viram e sofreram, tinham sua história de luto e tudo o mais, podiam possuir a sua dor. Eu não. Meu sofrimento não era real o bastante, nem concreto o suficiente. Então eu não podia possuí-lo. Comigo nada havia acontecido e só poderia haver desmemória e esquecimento.

Um inverno que dura anos.

A tarde dos jasmins

Numa tarde invernosa de verão, o jardineiro decidiu, por sua própria conta, plantar um jasmineiro rosa em certo canto do jardim. Não fosse por ele, talvez nunca esta árvore tivesse sido plantada, nem mesmo no quintal, onde havia espaço e solidão. Embora estivesse deveras chuvoso, de repente, o céu se abriu. Maria Vilma não guarda lembrança do jardineiro que fez o plantio, mas do arco-íris que apareceu naquele dia e embelezou a paisagem.

Infinitas cenas familiares se passaram e o jasmineiro florescia todos os anos. A vida prosperava, enquanto o tempo se encarregava de produzir as distâncias e reencontros.

Anos depois, em algum outubro, Maria Vilma aceitou almoçar na casa de sua mãe, de onde havia se afastado, entre outras razões, por causa de problemas existenciais. Foi um dia importante em sua vida, mas a princípio ela não o considerou marcante. Depois, sim. Parecia impossível naquele momento que Maria Vilma, finalmente segura de si, se envolvesse nos tumultos de antes e chegasse às antigas emoções. Ela e sua mãe almoçaram e depois se acomodaram suavemente na sala e mantiveram conversas sinceras e calmas. Assim rolava a tarde, quando sua mãe de repente se lembrou de lhe mostrar uma coisa...

Subiu as escadas e a filha a seguiu pelo corredor encerado até chegarem ao último quarto. A janela estava escancarada. Maria Vilma entrou e de imediato, se enterneceu. A imagem que vislumbrou à sua frente a arrebatou. Hoje ninguém se encantaria com isso, porque a beleza está se tornando algo discutível, mas os tempos eram outros.

Ali estava o que fez Maria Vilma tremular: o jasmineiro em flor. Contudo não era só um jasmineiro em flor. Durante os últimos anos, a árvore crescera e sua copa transbordante de flores passou a se descortinar na altura exata do beiral da janela e agora o que se via era um tapete de buquês. Não se via o chão. Esse jasmineiro, essas flores, esse tom de rosa alaranjado clareando nas bordas, sempre a fascinara, em todas as primaveras, mas nunca como naquele dia, vendo-o do alto, como se ardendo em beleza sob o sol da tarde.

Chegar ao ponto de estranhar o que sempre foi tão conhecido e próximo, como pode ser isso? Acontece que, naquela altura, quando se tornou possível ver o tapete de buquês e não simplesmente flores, as coisas rebrilharam. Porque é diferente. Anos precisaram se passar para que aquela surpresa pudesse se apresentar e ela se apresentou sem ser planejada. Parece que a árvore enquanto a esperava, ia tecendo sua copa fechada, seu tapete sem vazios, para surpreendê-la.

Mediante o rebuliço que a paisagem lhe trouxe, Maria Vilma sentiu que, de certa forma, continuava mergulhada nas sendas da casa materna. Era o mesmo lugar, suas árvores, flores e o ar das montanhas. Tudo continuando a existir, tanto em volta quanto dentro de casa. Os mesmos armários arrumados, as roupas de cama dobradas certinhas, enfim, todos os guardados bem guardados. Isso ainda valia e tinha peso. Como supor que estava solta no ar? Não agora. Não nesta tarde.

Em outras épocas, Maria Vilma costumava pensar que se embrenhava pelas matas densas enquanto sua mãe preferia a clareira da floresta. Mas nesse dia, engraçado, estranhou este seu pensamento.

Depois dessa tarde, Maria Vilma voltou a frequentar a casa de sua mãe com mais regularidade. No entanto, passou a sentir um pouco de tristeza, desde então. Talvez fosse apenas um acabrunhamento, principalmente quando percebia sua mãe sorrindo muito feliz, ao contemplá-la narrando os casos antigos da família e fazendo graças como antes. Quer dizer, quase como antes.

Agora, muito tempo se passou. As longas tardes de lanche ao ar livre se encerraram, as primas partiram, as amigas das redondezas e seus pequenos dramas desapareceram, como tudo que se desvanece. A inesquecível tarde, quando Maria Vilma vislumbrou o tapete de jasmins também ficou muito longe. Um tempo depois, sua mãe partiu para sempre.

Hoje em dia, a copa do jasmineiro está mais alta que o meio da janela e, para vê-la como antes, tal e qual um tapete de buquês, seria preciso subir no telhado. Talvez nem assim, pois a ramagem se abriu muito e daria para ver os vazios entre os buquês e não o tapete fechado.

Dizem que o jasmineiro é considerado a árvore símbolo da imortalidade da alma e, talvez por isso, muitas destas árvores sejam plantadas nos jardins dos templos. Recentemente, Maria Vilma soube de algo mais: ouviu dizer que dessa árvore se pode fazer um remédio contra o medo. Acreditar nisso é ser quase como antes.

Country club

O Country possuía um ar inglês: chão vermelho nas quadras de tênis, vento frio e cordialidade. Hoje, não consigo saber ao certo se a escada que descia do talude íngreme do estacionamento e nos conduzia até a entrada da sede era de mármore branco ou bege escuro salpicado de marrom, como existia em muitos lugares. Esse detalhe, por menor que pareça, é relevante porque definiria com alguma precisão a subjetividade do arquiteto que concebera o clube. No salão de festas, portas de vidro descortinavam as montanhas e o arvoredo mais próximo. Os reflexos de luz pareciam pousar o bosque sobre as mesas, misturavam-se com o ar puro do cerrado e tudo se tornava paisagem e vento. O Country era então um clube no meio das matas altas, muito gelado para ser tropical e muito quente para ser considerado um clube de países frios.

A piscina principal, cercada de chão de pedra e espreguiçadeiras, era bem tratada, azul e ensolarada. Mas, conforme a tarde caía, sombras implacáveis a esfriavam muito. Quanto às cachoeiras, parecia inconcebível ser prazeroso tomar banho nestas águas naturais geladas que corriam pelo clube, ainda mais naquela época, quando havia muito frescor na maior parte do ano. Perto dos eucaliptos, as crianças brincavam escondidas numa gruta; em toda a volta, estreitos caminhos contornavam ribanceiras, as quais foram conscienciosamente cercadas por um gradil. Dali, avistávamos a grande piscina verde escura, lá embaixo, parcialmente oculta pelas árvores.

Há quem não se recorde das matas molhadas, do chão espinhento, coalhado de insetos, mas todos se lembram da grande piscina cor de esmeralda escura, que acariciava os corpos jovens em seus banhos, nos remansos verdes, onde flutuava a bruma.

Aos olhos de hoje, o Country Club não é a melhor construção cravada nos morros daquele lugar. Teve suas matas protegidas para que a natureza voltasse a propiciar a leve impressão de ternura selvagem esparramada sobre as mesas dos bailes. O mármore das escadas, fosse ele branco, bege ou granado, veneziano ou genovês, que mármore existia na cabeça das pessoas? Mesmo que as escadas tenham sido reformadas – e foram – e, portanto, perderam a identidade de antes, que cor de mármore eles queriam ou desejaram? Apenas podemos imaginar. Mas, mesmo que o mármore original não tenha permanecido nas escadas, de alguma forma e de alguma cor, ele continuou vivendo nos sonhos das meninas.

Mármores podem ser duradouros, como minhas lembranças. E aqueles degraus aguçaram minha percepção. Quase consigo compreender as subjetividades de antes, quando contemplo o arvoredo imenso, as muitas palmeiras, folhas de todas as formas, o ar quase frio carregado de orvalho e tudo que ainda existe.

Em tempos de sol, a piscina maior, com seus trinta metros de comprimento, situada entre a balaustrada que margeava o gramado do lago e o pé do morro, costumava ficar cheia, barulhenta e muito clara sob a forte luz.

Mas a piscina que chamavam de lago, a que era verde escura, formada de água das montanhas, geladíssima, esta é a piscina que até hoje adentra meus sonhos e neles surge sendo mar. Até hoje, me arrasta para uma ilha-casa, onde em qualquer janela que me debruce para olhar só vislumbro uma enorme água verde agitada enegrecendo nas funduras. O mar verde desta piscina nunca me deixou.

Até aonde a vista podia alcançar, a extensão de água estendia-se selvagem, debruada de árvores e arbustos nas margens, suas bordas cimentadas invadidas por trepadeiras, plantas rasteiras e uma ou outra canoinha abandonada. O ar frio que refluía do vale das minas não animava ao mergulho naquele verde de sonhos que não deixava ver o fundo. Mas as moças mergulhavam.

Em pé, na balaustrada, algumas crianças olhavam o movimento na piscina turva: casais de namorados, grupos de jovens e uma bonita moça de cabelos longos. Esta moça, um dia, eu a vi de perto, no esplendor da alegria, ave em pleno voo, a risada ressoando na tarde. Eu sonhava em ser como ela. Chamava-se Jurema. O nome não é o único encanto das mulheres com nomes de árvore. Dizem que elas buscam suas origens na terra úmida, ainda meninas. São valentes, seus nomes foram inventados por índios.

Para além do lago esverdeado, parecia estar o fim do mundo ou o começo da vida adulta. Quando as moças mergulhavam, para que ilhas fugiam? Quando desapareciam nas canoas, para onde iam? O que podíamos ver eram braços de terra que avançavam, cobertos de bambuzais e pequizeiros e emendavam-se com um riacho de cerrado que vinha não sei de onde. Diziam que, seguindo por ali, veríamos jardins de plantas medicinais, bem cuidados, com hortelã, cidreira, camomila, babosa e ervas de chás. Eu não queria jardins, eu queria era saber de tudo.

Uma tarde vimos, naquela espécie de ilha, um rapaz que meditava. De vez em quando as árvores balançavam e folhas pousavam sobre a água. Tudo quieto. Mas então o vimos deitar-se sobre a moça. Sanhaços e sabiás pressentiram o ressoar das palpitações e fugiram em revoada. Depois, quando a tarde caiu, ouvimos gritos ao longe, no fim das águas geladas, fim dos campos, fim das matas, filme sem fim.

Muitos domingos tiveram tardes escuras e nubladas. Um pouco depois era quando as tempestades chegavam. Essas chuvas eram difíceis de suportar. O Country, de súbito, perdia seu sentido, ficando não apenas gélido e inóspito, mas destituído de sua razão de ser que era o lazer e o sol. Tornava-se desconhecido e fantasmagórico, inabitado e estranho, seus mármores escorregadios e perigosos, as balaustradas molhadas respingando forte e a folhagem das sombras molhadas, tornando-se negras e ajuntadas. Ouvia-se até um rumorejar de fonte que nem havia e barulho alto de corredeiras. A umidade entorpecia tanto que ninguém se sentia protegido.

Um dia, as tempestades exageradas molharam descidas e paredões de serra, arrastando seixos rolados. Depois de mil árvores arrancadas na enxurrada, o chão sólido em volta do Country rolou, árvores vieram junto e afundaram nas piscinas onde, mais tarde, encontraram pedaços de mármore italiano misturados com nossas raízes, nossas juremas, jussaras, anajás e buritis.

O Country possuía sua *landscape*, porém, por mais lindo que fosse, ali as moças choraram nas tempestades. *Landscape*: paisagem que escapa. Terra que escapou e virou paisagem.

Cidade das noites aumentadas

A cidade das noites aumentadas não era aquela em que a luz do dia claro se transformou em noite de luz atemporal e por isso suas noites aumentaram. Não era uma cidade de noites iluminadas, ela era toda noite. Só nela os dias eram iluminados pela noite.

O centro da cidade foi todo reformado. Lampiões carregados de luz da noite foram usados para anoitecer o dia, entardecendo as manhãs. Mas, por que estender as noites e não os dias?

A cidade não queria ser uma cidade de noites iluminadas, queria os dias iluminados pela noite. Lampiões especiais, carregados de luz da noite foram usados para anoitecer o dia, escurecer a luz da tarde e entardecer as manhãs.

Não importam as decisões tomadas. O fato é que os lampiões que transformaram o centro da cidade injetando-lhe a luz da noite produziram alterações nos pensamentos dos habitantes. Não foram mudanças muito substanciais, digamos que mudanças mais leves, mas notadas por todos. Muitas pessoas perceberam, por exemplo, que existia um quantum de moderação que elas podiam possuir, assim como poderiam considerar a possibilidade de colocar em suspenso atribulações sem remédio. Coisas assim. Menores.

Ninguém sabe como os lampiões tiveram a capacidade de escurecer regiões, mas tiveram. Uma espécie de noite avançava pelas ruas, avenidas e viadutos. Os carros saíam menos e aos poucos a cidade deixava transparecer sua silhueta vista em seus antigos campos e paisagens naturais de árvores adormecidas, morros e vales, de um tempo imemorial. Até um vento constante vinha junto, mas era morno e doce.

Os lampiões revelavam o caráter fugidio de qualquer solidez, mostravam que as casas e todas as outras edificações, como as lembranças, estão sujeitas a novas e inúmeras percepções. Eles podiam revelar o que existira antes. Agora era possível contemplar a cidade em seus antigos cerrados, vales e curvas de rio. Muito do que a cidade foi ela continuava sendo. Ela tinha germinado searas. Um dia foi uma floresta.

Ninguém estava tão empolgado que não conseguisse perceber a dimensão de todas aquelas mudanças em termos de comércio, indústria, transporte e outras atividades intermináveis que constituem a vida nas cidades. Em meio à surpreendente novidade, os habitantes ainda não se encontravam em condições de medir o potencial de sossego e desprendimento que a mudança causou, nem de avaliar o estranho destino que o tempo presente lhes reservou. Entabularam um sobrevoo pela cidade para reconhecer o peso inesperado de sua transformação, mas o que puderam sentir foi seu perfume e sua nova veste: a cidade em trajes de noite.

Antes, a cidade, como todas as outras cidades, conforme amanhecia, deixava de se orientar pelos sonhos da noite para ser influenciada pelas obrigações do dia, o que fazia com que, ao anoitecer precisasse esquecer seu dia – para descansar – e durante o dia se desviasse da noite que havia tido: iluminada pelos sonhos.

Mas as pessoas mudaram um pouco nesse aspecto também. Ponderaram que não importa quais sejam os sonhos ou quais sejam as noites: são noites de sonhos e não devem ser esquecidas.

Conforme as noites se estendiam mais e mais, caminhar na avenida principal tornou-se a atividade mais prazerosa a se fazer. Todos os horários foram trocados, encontros mudados, e é impossível descobrir o número de desencontros ocasionados pela mudança no relógio do crepúsculo, mas parece que ninguém ligou muito pra isso. Os cidadãos passeavam em calçadas muito mais largas, pois elas passaram a conter um pouco dos campos e o ar dos campos.

Não se pode negar que, para alguns habitantes, o excesso de mudanças causadas pelos lampiões era difícil de engolir, ainda que, justiça seja feita, nenhum lugar na cidade fosse antes tão agradável quanto passaram a ser agora todas as avenidas e ruas principais tornadas noite.

Em vista das circunstâncias, realmente não importava mais o quanto a luz do dia podia produzir, em termos de trabalho e eficiência, na parte central da cidade, ou quão bem funcionavam seus horários, seus trabalhadores e tudo o mais. De qualquer modo, a cidade não podia possuir as duas coisas juntas: a calma reflexiva que passou a ter e a competência da luz do dia.

As noites aumentadas proporcionaram uma calma geral, todos os habitantes percebiam que teriam um espaço de tempo maior para tudo em suas vidas. Pelas calçadas amareladas de luz escura ouviam-se os passos das pessoas caminhando por ali, todas calmas. Os corredores de brisa, formados pelos campos decretados, proporcionavam sensações de brandura e um ligeiro ar de alegria.

Não há explicação adequada para a sensação de brisa levemente fria e, não obstante morna que surgia e ressurgia, conforme se caminhava pela avenida anoitecida. Muito menos havia explicação para a doce euforia que resvalava por ali.

Que evidências comprovam que as sensações vividas nessas idas e vindas ao centro, quando as noites aumentaram, fossem verdadeiramente reais? Ora, prontamente todos concordaram em afirmar que eram reais, principalmente porque, acima de tudo eram aveludadas.

As noites aumentadas produziam aquela sensação de logo antes de uma forte tempestade, quando algo está prestes a acontecer. O céu escurece, todos correm para fechar as janelas e as crianças choram. Trovoadas distantes se aproximam e a ventania se intensifica cada vez mais. Céu e terra se juntam e, de repente, todos pensam na vida e na morte.

As mulheres não se esqueceriam de nada do que viram, ouviram e sentiram, durante o tempo em que a luz do dia claro se derramou em noite de luz. Momentos em que as ruas escurecidas propiciaram a legibilidade de suas histórias e ímpetos secretos.

As noites aumentadas fizeram com que elas vissem melhor as tardes ensolaradas de suas vidas, os longos dias onde estavam irrevogavelmente imersas. Agora começavam a vê-los em sua obscuridade.

O primeiro pensamento de uma das mulheres, que guardava lembranças muito especiais de festas, voou para uma tarde azul. Reconheceu-se na casa clara de uma cidade quente onde foi feliz. Crianças, uma copa ladrilhada respingada de água, portas de vidro escancaradas e o sol da tarde alaranjando a toalha de mesa. Guaraná gelado, empadinhas e gelatina. Lembranças de alegria barulhenta. O que isso importa? Não importa. Não preciso explicar nem debater a questão. Eu sei. Só lembrar importa. Mas, quem sabe, não?

A história da cidade das noites aumentadas continua. Temos muitos relatos fidedignos e palpáveis que precisam ser devidamente relatados. Os testemunhos de outras mulheres e muitos homens mostraram-se notáveis e ponderados. Trata-se de pessoas plausíveis e verossímeis. Lembrar importa e dar testemunho também importa.

A livraria branca

A cidade era inóspita e pouco visitada, no entanto sentimo-nos familiarizados com seus traços logo que pisamos em seu chão. Não nos pareceu estrangeira, nem sequer estranha. Talvez nossos desejos já a conhecessem em sonhos ou, quem sabe, seria nela que conheceríamos nossos desejos.

Formávamos um grupo grande, mas bem poucos entre nós concordaram em fazer o passeio daquela tarde que seria visitar a Livraria Branca. Os que foram tornaram-se amigos para sempre.

Orientações desanimadoras nos informaram que a livraria era bem longe e difícil de encontrar. Em todo caso, nos explicaram que devíamos seguir por uma longa e distante avenida até sairmos da parte principal e mais conhecida da cidade (mesmo que desconhecida) e posteriormente alcançar os jardins de um templo solitário em cujas imediações havia uma pequena estação. Devíamos tomar um bonde e viajar até um bairro de casas antigas e altas. Uma vez nesse bairro, a ordem era encontrar um canal por onde anteriormente passava um rio. Ainda deveria existir o beiral de estrelas que o margeava. A livraria se localizava na esquina de uma ruela estreita com a avenida do canal.

Inicialmente erramos, depois acertamos os caminhos, os jardins, o templo e finalmente tomamos o bonde. Passado algum tempo, percebemos que devíamos descer. Assim o fizemos e ficamos perdidos.

Subimos ladeiras friorentas, avistamos pátios sombrios e ruas sem saídas e ainda não tínhamos nos inteirado das rotas de curso quando uma neblina começou a embranquecer todo o bairro. Caminhamos por alguns minutos e percebemos que as referências haviam sumido. Alcançamos uma parte alta e o que conseguíamos avistar eram telhados escuros que, encobertos pela cerração, pareciam macios e flutuantes. Pensando bem, já sentíamos um efeito da livraria antes mesmo de conseguir encontrá-la.

No esforço de tentar enxergar algo menos vago, pudemos, com muito custo, divisar em meio ao nevoeiro, uma mureta branca varada por uma claridade, e deduzimos que devia ser o canal. Sim, era o canal, ladeado pelo beiral de estrelas.

A livraria em si veio surgindo aos poucos, como se cautelosa para se insinuar perante nós. Mas, então, a paisagem se condensou em uma única imagem: a esquina branca. Singela e luminosa, em contraste com o majestoso arvoredo de folhagem negra e agitada, a entrada da livraria possuía uma bonita porta de pequenos vidros quadrados, emoldurada por madeira clara. Entusiasmados, abandonamos as ruas enevoadas e acessamos o espaço das grandes alegrias brancas.

Logo à entrada nos deslumbramos com a brancura iluminada. Altas janelas brancas refletiam o exterior vazio e nebuloso, cortinas claras rendadas suavizavam ainda mais a atmosfera e um sofá branco enrodilhado, disposto sobre um tapete trançado de fibras naturais desbotadas, convidava à leitura. As paredes pareciam recém caiadas de tão alvas e, por todo o lugar, fileiras e fileiras de livros brancos, muito bem arrumados em estantes de pinho.

Não tardamos a perceber que todos os livros eram encadernados com capas de tecido branco, bem justas. Conforme os admirávamos, íamos passando as mãos para sentir a textura do linho, da seda, do veludo e do algodão lavado. Um livro tinha na lombada um cisne em alto relevo, as letras eram um pouco incompreensíveis. Árvores, palácios, pássaros raros, continentes e perfis podiam ser vistos bordados de branco sobre a brancura dos livros. Formas geométricas, mesquitas, igrejas góticas, animais imaginários, bruxos, rainhas e paisagens a perder de vista foram pintados em vários tons de branco sobre as capas, contracapas e dentro dos livros. Era muito impressionante.

Em meio à brancura acolhedora, ouvi partes de um diálogo pausado e sossegado do qual compreendi e concluí coisas muito simples. Os livreiros pensavam que alguns livros mais humildes definhavam perante os olhares que buscavam algo novo e indizível, soberbo e alardeado e por isso decidiram irmanar os livros, aplainando-os em branco. Só depois é que viram que a avidez com que as pessoas não sondavam certos livros não os esmorecia de jeito nenhum. Esses livros, surpreendentemente, quanto menos eram buscados mais preenchiam-se de si mesmos, de sua sobriedade e substância. Depois disso, os livreiros permaneceram assim mesmo, fiéis à planura branca.

A livraria organizava-se de forma indecifrável. Por ser toda branca não ficava óbvio de onde vinha certo texto ou alusão, por que se aquiescia a uma resposta e não a outra, por que se fazia tal pergunta ou por quais rumos se poderia seguir. Onde estaria uma citação específica? Um texto místico, onde estaria? Determinada menção? E outra mais? Não situávamos nada. Não conseguíamos contextualizar os fatos narrados nem saber de onde surgiam as palavras. De que povo? De que aldeia? De que língua? De que deus? Todos os livros brancos parecem ter sido escritos na língua branca perdida da livraria encontrada.

Um rapaz, entre nós, sentiu-se compungido a nos relatar uma angústia que em certo momento de sua vida o deixou extraviado de si mesmo. Olhava o mundo e via um planisfério infinito onde não havia nada mapeado nem escrito: nada havia que se sobressaísse, que pudesse ser desejado ou amado. Depois disso, seu mundo se desteceu. O que poderíamos dizer-lhe, a não ser que tudo poderia voltar? No saber e na paz? Existem muitos prismas na brancura iluminada, alegamos...

Paulatinamente, todos nós, viajantes errantes e incultos, passamos a seguir nossos desejos em direção às estantes e aos livros. Cada um poderia encontrar sua palavra e ela seria seu alimento, sua melodia. É tão bom pensar que não há nada carnal nisso. Não existe o perigo de matar ou morrer. Estamos no nível da palavra.

Mas que instância é esta dentro de mim, que me faz sentir tanto medo, um medo físico de algo que ainda está e somente está no nível da palavra? Ora, desde sempre palavras faltaram e os seres humanos passaram para o nível carnal, embora não devessem...

Nesse instante, a nebulosidade lá fora se desvaneceu um pouco e avistei algumas plantas em suas vidas de plantas, orquídeas e lírios brancos, óbvios e límpidos. De onde vinha tanta pureza de intenção?

Cada um ia escolhendo seu livro. Uma de nós, que achava que tinha dado o melhor de si, pegou em suas mãos um livro gelo bordado de rosas brancas e descobriu-se no livro. Sentiu-se transportada para o cerne de um imenso amor indiferenciado: o arroubo. Para ela, o amor de quando as crianças nascem.

Outra amiga, que estava fazendo um estudo sobre as grandes religiões, sentiu vontade de chorar. Estava justamente tentando chegar à essência que reunia todas as crenças, mas não conseguia colocar em palavras o que descobrira e só pôde dizer que as verdadeiras transformações ocorrem em silêncio e sem o falar gritado. Mas disso já sabíamos. Em meio ao nosso folhear de páginas, notamos que algumas palavras e até passagens inteiras pareciam retornar aos porões do ser, porque não sabiam se podiam vir à tona ou não. Elas se recolhiam e os mantras precisavam buscá-las. Isso descobrimos juntas.

Um homem digno, que se tornara nosso guia de improviso admirava serenamente a brancura de cada livro, passava suas mãos sobre eles para sentir a urdidura e consistência de cada um e perguntava-se: qual deles teria algo a lhe falar verdadeiramente? Ele sempre achou que tinha evitado o pior e não sabia como medir sua vida. Buscava uma palavra única. Irrepetível. Mais tarde, debruçou-se sobre uma bancada cheia de livros cristalinos e, sem entender porque, foi invadido por uma profunda felicidade.

Entrementes, esbarrei no rapaz angustiado e ouvi-o murmurar: "se ao menos eu pudesse começar a ver a realidade como todos a veem"... No entanto, quaisquer que fossem os livros que segurasse em suas mãos, eles não lhe diriam. Ele não era mais que o sonho de não sonhar, o peso de não compartilhar, a dor de não acordar nem deitar-se com as circunstâncias que abarcavam a todos. Estava fora do jardim. Mas, de repente, leu em seu livro que poderia retornar. Leu que poderia retornar ao silêncio e à insignificância das coisas que crescem devagar. Leu que poderia resgatar uma parte de si mesmo que estava perdida, mas não para sempre.

No fim da tarde, o nevoeiro se dissipou completamente. Pensei naqueles dentre nós que não concordaram em ir à livraria. Eles não viram nada. Não viram a cidade e nem o mundo.

Quando escureceu, senti uma alegria antecipada, como se fosse uma noite quente antes de uma festa. Deixamos a livraria e abraçamos o relento. As flores estavam úmidas e talvez tenha chovido. Reparamos que o céu estava todo estrelado e, nesse instante, descobrimos que os livros eram brancos por fora e por dentro também.

Berlim Horizontempaz

Um céu claro e iluminado brilha nas sombrias moradas da humanidade.

(Alfred Döblin - Berlin Alexanderplatz)

São tantos os acontecimentos maus das últimas semanas que me surpreendo com minha calma e destemor. Mas é porque estou tendo a oportunidade de ver o verdadeiro em seu cerne mais verdadeiro.

A cada dia que passa, meus inimigos se revelam mais e mais. Encontram-se em circunstâncias terrivelmente difíceis e dominados pela raiva e desespero, o que os torna menos controlados. Posso ver a céu aberto suas injúrias e traições, que sempre existiram, mas que até então eu havia me recusado a ver ou, pior, não as via realmente. Penso: destruam tudo, destruam mais. É um processo forte e incandescente e sobre o qual é quase impossível falar. A angústia arde.

A frase "nada mais tem sentido" encerra uma postura consciente que pode recrutar nossas crenças adormecidas ou destruí-las por completo, pode ser o ponto de ignição de um debate, seu motor, seu fermento, o próprio fogo. O "nada mais tem sentido" pode ensejar diferentes reações, mas sua interpretação final é apenas uma: perder a fé em si mesmo. Foi isso o que me aconteceu.

O pano de fundo desse desmoronamento foi a falta de dinheiro, simplesmente isso. Quando finalmente ficou claro que de agora em diante seria impossível governar as coisas. A falência havia chegado.

Na verdade, era como se o medo, desde sempre sentido – o medo de quando todas as coisas tornam-se profundas, perigosas e irreversíveis – houvesse se materializado de súbito e até parecesse conhecido e suportável, por ter finalmente chegado.

Todavia esse medo materializou-se acompanhado de uma punhalada impensável e jamais imaginada. Houve traição.

Ninguém acredita, mas eu queria fazer tudo certo, para tudo dar certo e as coisas serem certíssimas. Agora, constato melancolicamente que talvez não soubesse o que deveria fazer ou o que seria sensato. Talvez tenha agido monitorado pelo medo que determinou as nossas vidas. Já nem ouso dizer que não soubesse o que era certo, não me permitem essa inocência. Mas diante do sem-sentido, realmente não há o que possa ser certo.

Penso em Berlim, a cidade que desceu aos infernos em 1945. Berlim desmoronou inteiramente. Penso na cidade alemã, na cidade em si. Em Berlim. A cidade cercada. A cidade bombardeada. Pelas fotos é possível ver Berlim nos detalhes mais espantosos de sua história: não restaram telhados, nem portas ou janelas, só buracos e esqueletos de casas.

Mas hoje penso: melhor um desmoronamento completo do que um nunca acabar.

Minha impulsividade tinha alguma coisa a ver com a história de Berlim. Um estranho não-pensar que, por uns tempos me cerceou se parece, a meu ver, com a história de Berlim e até mesmo com a violência com a qual essa cidade se acostumara. Berlim aceitou ficar cega e aceitou perder a direção moral. Não viram o sentido das coisas? Não viram o que era errado? Não viram o certo? O que foi que Berlim viu?

***

Antes da falência eu quase me encontrei. Estava buscando fora de mim, em outras pessoas e passou a ser no trabalho, aquela certeza que quase obtive, certeza do valor próprio e que independe de confirmação alheia. A falência impediu esse encontro, que estava em vias de ocorrer. A vida aconteceu de outra forma, meu caminho se enraizou na impossibilidade e na perda. Meu ser se perdeu. Será que tinha que ser assim?

É melhor agora quando o fim chegou. Pelo menos não é apenas uma possibilidade. É real. Se tivesse recebido informações suficientes e se meu discernimento não tivesse me abandonado, eu teria visto que a empresa estava além de qualquer socorro. Mas, em minha ânsia por buscar a paz e a quietude que nunca tive, deixei-me levar pela primeira paz que surgiu. Não fui atento e vigilante e além disso confiei nas pessoas erradas.

Tive uma espécie de colapso psíquico, enquanto meus traidores continuavam com suas mentiras e armas secretas, mas eu não podia mais resistir a coisa alguma.

Todavia, continuo em busca da paz, a paz de um dia, de uma tarde, de uma manhã. Nada palpável, mas que dure um instante. Preciso esquecer, adormecer e me agarrar a uma paz qualquer, mesmo que seja uma paz sem lastro.

Recentemente, me acalmei numa tarde, sem mais nem menos. Quando estava muito consternado e parecia que meu infortúnio e tormentos iam rebentar meu coração, uma sensação de nudez e solidão chegou aos poucos e amainou o medo, inexplicavelmente. Hoje vejo que foi quando restabeleci as forças para a continuação do massacre maior e a derrocada final.

A noite anterior havia sido aterrorizante. Estivemos no banco durante a tarde, na companhia de familiares coléricos, determinados a esmagar qualquer perspectiva de esperança. Não querem nada. Pois destruam tudo, destruam mais. O monstro se mostrava.

Penso nas tardes infinitas da minha infância em Belo Horizonte, em paz, quando nada acontecia. A cidade crescia lentamente, as pessoas se visitavam. Como sempre o dinheiro não dava para todos, mas tínhamos esperanças. O que acontecia de verdade era que estávamos sob uma sossegada concepção de mundo, que já não existe e que levaria a graves consequências anos depois. As tardes continuaram silenciosas por muitos anos, quando nada acontecia e tudo acontecia.

A empresa já estava diminuindo lentamente, como se fosse de uma morte assistida. Mas, incrivelmente, não víamos. Agora vejo e sei que não há esperança. No entanto, espero que não tenha uma morte descontrolada, dessas que ferem com estrondo. Espero em vão. Seu fim não será suave e moderado, mas brutal e selvagem. Que as coisas se vão! Que acabem!

Volto a pensar em Berlim. Talvez nenhuma outra cidade a tenha suplantado na capacidade de semear violência. Por que sonhei com Berlim?

Aparte as preocupações mais concretas, que são as dívidas e a atitude do banco, uma grande floresta de lembranças e emoções passa por mim. Penso nas corujas e outros pássaros, sob as folhagens das árvores que balançam no ar da noite, esses ritmos que antes existiam. Nunca mais revi o caramanchão no pátio do colégio, nunca mais me lembrei dele, mas agora voltei a lembrar. Antes de amanhecer, a angústia me desperta. Em algum momento, eu troquei a paz pelo jogo. Li em algum lugar que a teoria dos jogos preconiza que depois de determinado ponto não são mais os números que determinam o ganhador, mas o comportamento das pessoas. Aprendi a jogar.

Por hora, sinto-me apenas como um ser que pôs sua vida em suspenso e recolhe os fragmentos de uma enorme explosão, tentando salvar o que for possível. É como o pós-guerra: absorver prejuízos e dar-se conta dos inúmeros males e erros que aconteceram enquanto vivia-se na inconsciência e parecia estar dormindo.

A guerra não ensina muita coisa ao ser-humano porque ele precisa de um mínimo de paz para conseguir aprender e poder construir. O excesso de dor estanca e violenta a alma, que não resiste. O excesso só destrói e deixa-nos profundamente desorientados.

Sinto-me o tempo inteiro intimidado, ameaçado e em perigo, prestes a ouvir uma má notícia, depois outra, mais outra e assim continuamente. Meu corpo necessita de uma situação definida, seja para o bem, seja para o mal. Tornou-se impossível tolerar a incógnita, a inquietação de cada dia e o medo do futuro.

Não suporto mais sentir momentos de pânico. A situação não tem conserto, saiu dos limites, nenhuma folga para respirar. Sentimentos de incerteza afligem a alma em porções inimagináveis, mais do que sentimentos de fracassos catastróficos confirmados. A empresa naufragou miseravelmente e ela havia sido um sistema que funcionava. Os sistemas morrem. Nunca esquecer que os sistemas morrem.

Meu maior triunfo foi não ter enlouquecido, até agora. Naufragado em torpor e estremecimento, volta-me a imagem ilustrativa de um planeta na enciclopédia da minha infância, um planeta distante, de imensidão majestosa. Na linha de seu horizonte o que se vê ao longe é a forma redonda de uma lua gigantesca.

Estar nesse planeta, significa avistar no horizonte uma lua que recobre um lado inteiro do firmamento e é assustador. Distante, parecendo cheio de glória, mas sem água e ermo, este é o planeta onde as coisas já estão mortas.

Ainda vivo uma imensa noite glacial. Nenhum sistema me inclui. Nem de longe estou sofrendo por ter perdido meu sustento. Era insustentável. Eu não existo. Todo dizer é inútil. Nada será decifrado. Nunca mais serei escutado.

Fiquei, por assim dizer, no centro da intempérie, na paisagem do planeta imaginário retratado na gravura da enciclopédia. Não tenho tanta certeza, mas acho que foi ali, em algum momento, que detectei nitidamente em meu íntimo, a semente de um medo que não eram exemplos de um medo comum. Tratava-se de um medo difuso e inexplicável que se misturava à sensação de ter não só fracassado, mas de ter perdido o direito à vida. Era algo maior do que apenas medo.

Fui ao encontro dos fiscais e agentes, que me cumprimentaram sem muitas palavras, mas com algumas palavras. Entorpecido por aquele medo surreal e inenarrável, externava umas associações sem contexto, pois nada me parecia melhor ou pior de se dizer. Para mim, nada mais tinha sentido.

Mas tinha sentido para os agentes e eles me consideraram fora de mim mesmo e enlouquecido. Fora de jogo. Sobreveio-me uma apavorante sensação. Mesmo assim, despedaçado, parece que uma promessa da madrugada haveria de me resgatar. E devo ter dito isso a eles...

Não direi que estou resignado e que aceitei todas as condições. Dentro de mim, há gritos colossais, há suspiros e cóleras homicidas que a devastação da traição precipita em centelhas flamejantes, que todos ironizam. Sou uma pessoa fatigada e que vem entregar as armas. Eu me calarei.

O mundo da solidão e do fracasso é apenas meu, ninguém pode exigir que eu volte atrás comigo mesmo e que não tenha os desejos de hoje, se os tenho. Como alguém pode exigir que eu seja aquele que já não sou?

Eu tive sonhos. Tive desejos. Sonhei com Berlim e Berlim sonhou comigo. Quando Berlim, embrutecida, mergulhou na destruição sem sentido, ela fez uma escolha. Porque destruir os valores civilizados e mergulhar na escuridão?

Em meio ao meu desespero, a vida continuava para todas as pessoas. Precisei comparecer a um enterro e reparei na mulher em sua viuvez. Ela deixava transparecer sua dignidade muito particular de forma impressionante. Sorria para as pessoas, enquanto seus olhos choravam. Aquele seu modo de ser, de largueza e benevolência continuava existindo e agora predominava sobre o luto. Hoje tenho a capacidade de ver a qualidade austera e generosa dessa mulher, mas houve um tempo em que considerava esses seus traços como sendo de uma certa submissão. Avistando-a em meio às muitas pessoas que a cumprimentavam, notei que, mesmo quando seu rosto estava muito molhado de lágrimas, ainda assim conseguia serenar-se e voltar ao equilíbrio. Ela tinha essa capacidade interna muito rara, o dom da quietude, que torna possível atravessar a vida sem nunca levantar a voz.

Cada pessoa tem uma missão no mundo, que somente ela mesma poderá cumprir. Qual seria a minha missão, agora que estou cercado por um caos monstruoso que me aperta e não me permite vislumbrar nenhum horizonte?

Quase tudo se desintegra: os diálogos, os recursos e a autoridade. A lista de dívidas chega aos milhões e desisti de continuar somando. Um grande número dos nossos assessores e funcionários, ainda que não todos, imbuíram-se de sentimentos violentos. Esse tom maléfico vem fazer a sua parte, tingindo cada dia da cor do mal que refreia o gesto e envenena o coração.

Por outro lado, algumas boas pessoas concordaram que a falência foi terrível e imerecida e me falaram isso. Sem poder responder-lhes nada, senti internamente uma mudança acontecendo naquele exato instante: era a despedida de um modo de ser. Sem querer ser dramático, ouso dizer que sinto isso como a dor de árvores sendo arrancadas à força e não pude responder-lhes nada.

A cidade de Berlim foi completamente destruída. Então, já não sabiam? Digo: antes. Eles não sabiam antes? O anjo da história, o anjo de Berlim, os anjos todos.

***

Margeávamos uma colina verde malva, coroada de pequenas nuvens que escondiam uma grande lua prateada. O anoitecer na serra do Cipó ainda carregava alguma luz, a lua apenas nascia. Meus amigos já tinham me escutado bastante e agora estavam seguros de terem me consolado. Então brigaram comigo por ter sido injusto ao escolher Berlim, falar de Berlim, perdoar Berlim, compreender Berlim. Por que não ter escolhido outra cidade com a qual me comparar, uma cidade que não houvesse sido desleal? Stalingrado sofreu mais, eles diziam.

Não disse que Stalingrado não sofreu mais. Compreendo e tenho plena consciência de que a cidade de Berlim suplantou a todas em semear a violência. Invadiu, matou, saqueou, viveu momentos de desfile orgulhoso e insanidade, na plena ilusão de que nada ia lhe acontecer e muito menos desmoronar. Ela traiu!

Enquanto isso, Stalingrado vivia seus dias quieta, até ser arrancada de si mesma. Foi violentada sem ter sido agressora, não estava insana nem orgulhosa, nem incivilizada, e ficou reduzida a escombros.

Berlim ter aparecido para mim em um sonho é um mistério que jamais desvendarei. Vocês têm que entender: eu não escolhi Berlim. Sonhei com Berlim. Berlim me escolheu. Tive um sonho e, neste sonho, eu era a cidade enorme, destruída e esmagada de sofrimento. Senti na carne o que era estar transformado em ruínas, devastado em meus recônditos mais íntimos e esfacelado em minha essência.

Senti a totalidade da derrota, a intensidade da violência e a escala astronômica da humilhação. Doíamos e ardíamos. Eu e Berlim. Era Berlim, não era outra cidade. Não era Stalingrado, ou Leningrado ou uma cidade inglesa, francesa ou espanhola. Era Berlim.

No sonho, fui atraído para uma clareira entre as árvores queimadas e ali apareceu para mim o espírito da cidade. E descemos aos infernos. Foi então que percebi que, quando os anjos se aproximam, os demônios se excitam mais. Não inventei esse sonho, eu o tive. Eu sonhei esse sonho.

Posso, sim, me comparar a Berlim: não em escala, mas em ardor. Minha alma se incendiara e me tornei tão incandescente quanto Berlim.

Compreendi que não posso querer o que não posso ter.

Inesperadamente, em pleno abismo do sonho, de repente senti que, apesar do desamparo completo, da derrocada, do vazio e da sensação de abandono, parece que eu ia entrando em meus próprios lugares, assim como Berlim foi descobrindo seu verdadeiro chão, conforme queimava e ardia.

Os abutres são pacientes. De qualquer modo, estão certos de sua morte, tanto faz que seja agora ou aos poucos e sempre. O poder de gritar com vigor continuou sendo prerrogativa dos familiares que desrespeitavam e cuspiam. Falam da posição de conquistadores, isentos e inculpáveis. Passam a impressão de estarem inteiramente certos e acobertados, como seres superiores, discursando em um pedestal. Intimidam, ameaçam e praguejam, dando a entender que serei inteiramente responsabilizado e colhido pelo desastre.

Desastre, deserção, desespero, deserto. Desnudez. Os gritos me recolocam no ambiente de fúria e sou imediatamente eivado, corrompido e infectado pelo velho ódio. Perco meu discernimento por alguns momentos e enfureço-me, mas não faço nada. Contenho-me. Tais coisas não podem mudar o curso do meu dia, porque já mudaram o curso da minha vida.

Não devo ter esperanças de que as coisas sejam como antes. Jamais serão como antes. Ficarão muito piores, mas sob controle, sem muitos sustos e sobressaltos. O que importa é encontrar algum equilíbrio, mesmo na desolação.

Em um sábado, por toda parte caía a sombra azulada de uma tarde que ia chover. De repente, gotas grossas desceram pela vidraça. Logo depois eu estava na chuva, vislumbrando-a num imenso descampado, quando o medo se apresentou outra vez, medo fervilhante na alma. Alma sendo esfolada.

Visualizei a imagem das nossas fábricas fechadas, cercadas e invadidas. A chuva volumosa formou grandes correntezas e a enxurrada foi levando as coisas todas: um resto de amor que ainda existia, lotes e prédios, alguns amigos. Mesmo assim, passei a considerar o que ainda podia fazer, que é quase nada. O que poderei reconstruir com meus recursos? O que veio antes acabou. Acabou de acabar.

A falência foi uma derrota esmagadora em seus próprios termos e revelou-se também como uma catástrofe na família. Mas o verdadeiro não estava ali. Com o decorrer dos anos, a verdade caminhou por si mesma e hoje em dia pulula por todos os lados, mesmo quando não queremos vê-la. É difícil ver o desamor e o desmoronar de uma família, mas estou vendo.

A verdade fará tudo por mim.

Em meio a essa nova onda de tristeza, consegui enxergar como a vida se tornara mais atraente e desejável, justamente quando já não posso degustá-la como antes. Uma nova sensibilidade me acompanha em todos os minutos, é algo que não consigo descrever, mas é como se tudo tivesse sido beneficiado de um valor maior, talvez de uma profundidade maior. O poder de desfrutar a vida tornou-se apanágio das pessoas livres do meu lodaçal. Para apreciar a vida é preciso sentir que há algo sólido sob nossos pés.

Em Berlim, nada mais era sólido. O tempo do poder absoluto acabara. O poder que queria se perdurar, esse mesmo acabou. A história seguiu seu curso. Berlim viu desmoronar suas casas e pensamentos e se concentrou apenas em sobreviver.

Um abrigo para Berlim. Um lugar onde possa respirar. Quem sabe um manto para cobrir a cidade que estava sofrendo muito, ou colocá-la em outro lugar para que pudesse respirar. Tudo acabou. A cidade queimou, amigos morreram. Berlim teve que se haver com o abrupto momento presente e os novos dias que se seguiram, sem a presença do poder de antes. Teve que esquecer o mando que tinha. Cansada como estava da derrota esmagadora, viu-se desnuda e sem rumo. Dali em diante, Berlim teria que obedecer. A cidade esqueceria o poder e seria levada a compreender que foi massacrada, derrotada e falida. Falida!

Estou resvalando em areia movediça. Está faltando a paz. O tempo inteiro inspiro um ar que parece faltar. Vamos dizer que pareço inteiramente normal e, no entanto, há um ponto de entorpecimento pelo medo, um ponto de fragilidade incandescente que suga meu ar.

Todo ser humano precisa de uma estrutura para viver a sua vida, precisa de alguém ou de algum significado que o ampare para que ele possa viver. Isso era tão longe para mim, digo, tão mentalmente distante, uma impossibilidade tão absoluta que eu mesmo nem levei a sério um pensamento nesse sentido. Naquele momento, qualquer imagem de um horizonte em paz era algo impossível de se conceber. Invislumbrável.

Há muitas maneiras de se passar pelos acontecimentos. Achei que passaria melhor por eles, se fosse à igreja e concordei em ir. A igreja ficava no alto de um morro. Na porta de entrada, senti como se o lugar pertencesse a minha infância e isso o tornasse de súbito uma lembrança real, não pessoalmente real, porque não o era de modo algum, mas poderia passar a substituir as lembranças reais que estavam desmoronando e que morreram. As lembranças mortas. Tudo o que acabou.

O mundo que compartilhamos parece que nem sequer existiu. Mergulhamos numa esfera de esquecimento, porque parece que tudo por ali dói. Não há o que dizer. Não tenho palavras, porque já não tenho o falso chão que existia. Agora que começamos a subir uma nova montanha poderemos ver melhor onde estávamos. Mas até conseguirmos ler o que se passou, decorrerão muitos anos.

Por mais verdadeira e escrupulosa que seja a fé de meus companheiros de igreja, não compartilho com eles da certeza que possuem. É muito bom quando a vida acontece sobre um chão sólido que não muda nunca, quando as pessoas sofrem, são felizes, vivem e morrem sobre um chão seguro. Quando é possível criar inventos, formular teorias, olhar pela janela de uma casa de duzentos anos para árvores de duzentos anos.

Do fundo do meu coração, eu sabia que, depois que as vozes dos familiares se dissipassem, eu ouviria a voz dos desconhecidos. Vivi os últimos dias da morte de tudo o que era nosso no maior pesar, mas sem ser confundido. Um dia, veio uma noite escura, depois, as noites mais escuras que já conheci.

As noites em claro tornaram-se minhas noites escuras e me lembrei de ter lido que em Alexandria havia o quarto do luto. O sonho com Berlim foi assustador e nunca o esqueci, mas hoje o considero um referencial para mim. Que bom que ele foi construído e que se mostrou. O sonho, ao saber que eu permaneceria em luto por muito tempo, me ensinou a pensar enquanto esperava. Aos poucos fui percebendo que todas as destruições possuem um traço de retidão, ao lançarem a possibilidade, mesmo que só em sonhos, de uma nova semeadura sobre terras fumegantes.

Hoje, possuo uma pequena casa com cortinas brancas. Elas deixam enevoado o horizonte bom da minha cidade. O mundo externo é claro e iluminado.

Espero um dia sonhar com Stalingrado, a cidade que resistiu. Espero sonhar com todas as cidades gloriosas do mundo, mas não posso forçar meus sonhos. Não posso escolher com quais cidades sonharei. Começo a puxar um fio tênue de sentido nesta pequena sala onde bate a luz da tarde. Só o momento. O momento arrasta para um sentido. O sentido das tardes do mundo.

Meu endereço é um horizonte em paz.

O desaluguel

Tudo o que aconteceu se passou há muitos anos, na margem esquerda de um grande rio, por onde fluía o sopro do oceano ao longe. Ali havia uma rica cidade deitada sobre morros baixos. Nas suas manhãs rosadas já era possível avistá-la semidesperta e levemente atarefada, preenchida de seus pequenos prédios de época, suas casas brancas bem cuidadas, suas atividades nas avenidas e ruas principais. Um de seus bairros centrais, situado na parte mais alta, famoso pelas ruas de pedra era descorado nas cores porque recebia o primeiro sol e o último crepúsculo. Havia nesse bairro uma casa alugada que pertencia a algumas irmãs.

Não se pode precisar quando se tornou necessário desfazer o aluguel da casa, mas obviamente isso se fez urgente quando o morador desistira de viver. Largou a casa em completo abandono, estava acumulando lixo e pelo que se podia ver da rua, toda a casa se encontrava em estado deplorável e tinha um aspecto miserável.

Nessa época era muito difícil rescindir um contrato de aluguel, por mais fortes que fossem as razões do proprietário e por mais compelido que estivesse em seu intento. Contudo, haviam algumas raras situações em que a lei propiciava uma saída para o dono do imóvel descontente com o contrato. No caso em questão, era possível pedir uma rescisão ao juiz se o proprietário alegasse estar precisando do imóvel para fins de uma atividade comercial. Isso foi feito.

Quase ninguém se preocupava com a história anterior das irmãs, mas conheciam até os mais ínfimos pormenores de sua riqueza estável e duradoura muito bem administrada por uma empresa imobiliária e seus advogados, pai e filho.

O filho era um homem bonito que gostava da noite, mas trabalhava com seriedade e estava no melhor de sua idade profissional. Recentemente passou a substituir o pai no atendimento às irmãs. De todas as funções acumuladas por ele, a de conselheiro era sem dúvida a mais valorizada por elas. Seus critérios, ensinamentos e tudo que dizia com respeito a dinheiro era acatado e obedecido prontamente por elas. Foi dele a ideia de pedir o desaluguel da casa para a instalação de uma loja comercial de forma a que as irmãs se reapropriassem do imóvel para consertá-lo.

O projeto era conseguir o desaluguel, uma vez tendo alcançado este objetivo, entrariam na casa e montariam uma loja que funcionaria por alguns meses. Depois, desistiriam do empreendimento, quando então a casa poderia ser realugada.

Passou-se um tempo até que, finalmente, o juiz concedeu

a ordem determinando que a casa ficasse disponível para as proprietárias. Mais uns meses se passaram até que um dia o inquilino foi embora, deixando a casa em completo desalinho e no maior desmazelo. Ele havia mantido as janelas fechadas por anos a fio e a casa ficou sufocada e irreconhecível. Sem ar puro ela quase se desintegrou. Não seria fácil torná-la apta para a instalação de uma loja. Muito trabalho teria que ser realizado, mas a loja era imprescindível e se fazia obrigatória para que fosse cumprido à risca o argumento fornecido ao juiz. Portanto, o plano seguiu incontinenti. As irmãs estavam animadas, contrataram um pedreiro e duas moças e se empenharam na nova aventura.

A princípio o que parecia simples e mundano reportou para cenas inusitadas. Quase nem se pode começar a contar como era a casa, porque nem se conseguia entrar devidamente dentro dela. Barreiras intransponíveis de armários, objetos aglomerados, imundícies, livros velhos, panos rasgados, louças espalhadas, coisas jogadas por todos os lados impediam qualquer visão do todo.

Durante as três semanas seguintes, precisaram da ajuda de uma pletora de artesãos e serviçais além dos contratados antes e as irmãs trabalharam incansavelmente para conseguirem criar no imóvel uma loja limpa. Eliminaram o matagal do quintal, retiraram toda a imundície amontoada, consertaram e enceraram o chão da casa inteira, substituíram vidros e vitrais quebrados, colocaram cortinas novinhas nas janelas, reaproveitaram velhos móveis abandonados que ficaram primorosos com um toque de cuidado. A trabalheira parecia que não teria fim e seguiram com a labuta ainda por muitos dias.

Nesse ínterim, os advogados, bem como a empresa imobiliária, empenhados em suas funções empreendedoras conseguiram um excelente negócio para as irmãs. Como a região se tornara comercial, um banco se mostrou interessado em alugar o imóvel. Que grande notícia para a imobiliária e para as irmãs! Um banco!

O banco estava disposto a esperar o tempo necessário para o início do aluguel e concordou com o valor a ser pago, que era bem mais alto do que o aluguel anterior. Imediatamente a proposta foi encaminhada para as irmãs que concordaram com tudo. O trato ficou acertado. Portanto, o banco se mudaria para a casa tão logo o comércio das irmãs fosse fechado.

Conforme tiravam o entulho e saneavam os cômodos do chão ao teto, a casa ia resplandecendo. Por fora foi pintada de branco e ficou muito vistosa. Por dentro, nada era comum, a casa crescia para os fundos, parecia um mosteiro com fileiras e fileiras de portas nos corredores sem fim. As janelas não se abriam, algumas estavam fechadas com prego e uma batelada de quartos ia surgindo entre as névoas aprisionadas do lugar. Tudo foi pintado e renovado. Enquanto abriam os cômodos e tentavam arejar a casa, portas batiam com o vento sem ter vento e estranhos sons antigos pareciam voltar.

Varreram, ensaboaram, espanaram, esfregaram e desanuviaram tudo que viam à frente até que um dia a casa brilhava de limpa e estava vazia. Na tarde do dia seguinte, sentiram um cheiro de maçã que se misturou com aromas de pães do céu e ninguém havia cozinhado na casa.

A loja ficaria na grande sala da frente. Arrastaram para lá armários e prateleiras, instalando-os como de uma loja. Um balcão de verdade foi colocado no centro entre as estantes. Como era necessário mostrar ostensivamente que havia uma loja em funcionamento, tiveram a ideia de comprar caixas e embalagens de formatos variados e as arrumaram bem organizadas em todos os nichos das estantes. As caixas estavam vazias, mas algumas mercadorias foram colocadas nas caixas da prateleira do meio. As vizinhas mais chegadas, cientes do plano e atenciosas, emprestaram suas caixas de guardados mais bonitas e enfeitadas. Junto com as irmãs conseguiram artigos diversos para colocar nas caixas: objetos que compraram um dia e nem chegaram a utilizar, bibelôs, pequenos gobelins, meias de seda, camisolas nunca estreadas, perfumes, flores de papel e paninhos embainhados em ponto cheio.

As irmãs revezavam-se nos horários.

Transeuntes se aproximavam, entravam e escarafunchavam a loja que parecia pomposa. De início apenas para conhecer e conversar, depois para comprar e as irmãs aprenderam a vender.

Daí em diante, as irmãs foram descobrindo naturalmente, que vender era uma boa atividade e não trazia perigo, contanto que fossem cuidadosas. Havia um prêmio: relacionar-se e não ver o dia passar!

Atrás da loja, no interior da casa, um território antigo estava quieto, era a continuação de um mundo profundo e escondido que trazia lembranças de quando eram muito pequeninas. A infância estava em todos os lugares, voltavam reminiscências dos carinhos e do cheiro bom dos pães do céu, feitos na cozinha ao entardecer.

A decisão das irmãs, sob a influência do advogado, de abrir uma loja na casa das lembranças, significou um inesperado e deleitável advento. Dois meses transcorreram com seus percalços e felicidades. Nos corações das moças, nasceram mulheres. Mulheres de cinquenta anos, menos bonitas do que antes, mas muito mais povoadas de si mesmas do que jamais haviam sido. Estavam amando. Amavam as prateleiras, as caixas vazias e as pouquinhas mercadorias que vendiam a preços baixos. Gradativamente decidiram encher as caixas com seus bordados, toalhinhas de crochê, pinturas, aquarelas e porcelanas pintadas à mão. Amavam estar no espaço entre o balcão e as prateleiras e sobre isso todas concordavam sinceramente: sentiam-se como guardiãs de tesouros entesourados.

Ah, vendiam tesourinhas também!

Vacilantes, agregavam aos poucos, novos produtos às caixas sob o olhar, de início, abonador do advogado e depois levemente repreensor. Ele as informou que não precisavam estar gastando bens e esforços para algo que era apenas um fazer de conta e que duraria três meses no máximo. Elas foram percebendo, e inclusive deixando transparecer, que não estavam dispostas a seguir instruções tão estritas assim. Seria como ter seus sonhos novamente adormecidos e suas prendas mais uma vez guardadas nas gavetas. Parece que já nesse momento teriam dito ao advogado que o comércio havia se tornado para elas uma compensação por muitas coisas perdidas. O que isso queria dizer?

Elas próprias se espantaram com a introvisão apressada, ou melhor, quando a anunciaram, porque ouviram suas próprias palavras. Por que tais palavras despontaram, elas não saberiam responder. Em todo caso, fingiram desimportância às próprias frases e enfatizaram as palavras proferidas pelo advogado. Sim, ele estava certo, sempre zelando pelo bem financeiro da família, cauteloso com o futuro delas. Elas se justificaram, argumentando que estavam confusas com tanta coisa. Haviam se enganado, foi então o que disseram.

Deram a entender que cederiam à palavra final do advogado e do banco. Todos se acalmaram. Elas aquiesceriam normalmente, como sempre fizeram. É claro que cumpririam o trato combinado antes.

Só que isso não acontecia... Três meses se passaram e as coisas não se encaminhavam conforme o previsto. Um dia, foram arrastadas para uma reunião no escritório de advocacia juntamente com membros da imobiliária e do banco. As irmãs tinham que entender que o combinado era agora diminuírem a lojinha cada vez mais, até anunciarem que haviam desistido do comércio.

Durante a conversa uma das irmãs detectou em certo momento, que estava arrancando o esmalte de suas unhas com violência, por puro nervosismo. Impulsivamente, sacudiu as mãos com raiva e, sem querer, proferiu um resmungo alto. Todos se assustaram. O advogado voltou-se para ela e a questionou, alguma coisa estava errada? Algo a incomodara? O que foi?

Ela juntou todas as suas forças e disse que estava decepcionada consigo mesma porque não tinha o sossego de antes. Andava preocupada com algumas freguesas que lhe solicitaram uma mercadoria fácil de encontrar e não queria faltar com elas. Sua irmã veio em sua ajuda e tomou a palavra. Dirigindo-se aos advogados falou que estariam melhores se pudessem manter o desaluguel por mais alguns meses, não muitos, uns quatro talvez.

Em absoluto, quatro meses é muito, só mais um mês e olhe lá. O banco não está à disposição de vocês, talvez vá em busca de outro imóvel para alugar, não vai esperá-las. Prestem atenção no que estão fazendo.

Mesmo irritado e bravo, o advogado achou por bem acatar daquela vez e decidiu manter o desaluguel por mais algum tempo.

Após os trinta dias concedidos, as irmãs descobriram que voltar para a casa da vila e ali passarem os dias inteiros, como antes, não as agradava mais e então optaram por permanecer pelo menos mais uns três meses. Já não faziam revezamentos, estavam empolgadas, iam à loja todos os dias e em todos os horários. Havia movimento, casa cheia e muito serviço. Sabiam que nenhum prazo a mais seria suficiente para elas, mas pelo menos, poderiam ter mais tempo para pensar.

O fato é que não conseguiam se decidir sobre o que queriam fazer e isso era um absurdo porque sempre haviam sido resolutas, faziam valer seus pensamentos e sabiam colocar em palavras seus sentimentos. Mas dessa vez, não sabiam.

Como é que a indecisão – esse tipo de coisa – foi surgir no meio das coisas neutras, elas não compreendiam. A seus olhos, tais dúvidas indicavam que só podiam ter sido enfeitiçadas. Ao mesmo tempo, a influência de falas alheias e peremptórias as tornou impotentes e assustadas. Na verdade: furiosas. Uma amiga insistia em alertá-las contra a loucura que seria continuar com a loja. Uma loucura, que uma vez encetada não ia terminar quando elas quisessem e frisou a idiotice delas, de pessoas que não pensam em si. Apontou-lhes os perigos imprevisíveis e a inexperiência delas para lidarem com o mundo real. Esse último comentário irritou muito as irmãs.

Será que elas não podiam tomar por base seus próprios sentimentos? Que eram palpáveis e com maior aparência de coisa real? Antes do desaluguel e da instalação da loja, tudo indicava que nada mudaria muito em suas vidas. Se algo surgisse, suponhamos outra vicissitude que não fosse a loja – que tinha todo seu toque de bom gosto, as freguesas, as discussões acerca de decoração e tudo o mais –, certamente o ritmo anterior voltaria, inclusive porque estruturas não se esfacelam facilmente, rearranjam-se e retomam o modo costumeiro de se organizarem.

Reavaliando o que lhes acontecera nos últimos tempos, perceberam que conectar-se à loja foi um método interessante de sair de um mundo e entrar na amplidão do mundo. A loja se tornara a amplidão e a vida de antes uma espécie de clausura. Seguindo por esse raciocínio, chegaram ao ponto de pensar que o advogado as estava obrigando a se submeterem a ele. Discutiram o assunto. Submissão não é solução para nada! A submissão cria um furor interno. Ficaram com vontade de dizer isso a ele. Mas não disseram.

Por fim, a verdade tinha que ser dita, pelo menos para elas próprias: precisavam compreender que haviam chegado a um momento de suas vidas que exigia riscos pessoais. Toda a indecisão em que estavam mergulhadas veio à tona porque elas se descobriram como mulheres conforme se descobriram vendedoras.

Agora, tornou-se imperativo avaliar os acontecimentos a partir da perspectiva dos meses transcorridos e desse ponto contemplar a estranha novidade pela qual o destino se revelara para elas. Sem um espaço de tempo transcorrido não lhes seria possível decidir pela continuação da loja nem pelo novo aluguel. Então iam ficando no desaluguel.

Um dia, a irmã mais nova decidiu-se por si mesma ir ao escritório do advogado conversar. Foi muito corajosa. Seu intuito era trazer à pauta – apenas sondar – a possibilidade de transformar a loja de mentirinha em uma loja de verdade, com vitrine, lançamentos de moda, fornecedores constantes, fluxo de caixa e tudo o mais. Que atrevimento!

Ele se manteve em pé ouvindo-a. Não moveu nem um músculo do seu rosto. Ficou impassível. Depois cruzou os braços e ficou encarando. Ela quase desmaiou.

Dias difíceis se seguiram. Agora as irmãs estavam comprando escondido algumas mercadorias de encomenda. Agradavam a clientela, sentiam-se à vontade para expressar seus pontos de vista, por exemplo, opinavam sobre a melhor opção de toalha de mesa para um jantar à luz de velas. Ponderavam sobre os trajes certos para ocasiões de cerimônia e decidiam sobre os vestidos de baile.

Mas, não conseguiam se decidir sobre suas vidas. Não estavam dormindo bem. Temiam o abandono do escritório de advocacia e sentiam-se ameaçadas com a retirada da confiança depositada nelas por toda uma vida.

Uma reunião foi marcada. Elas desmarcaram. Uma nova data foi marcada e elas foram, envoltas em medo.

Apenas quieto e incisivo, dando a entender que estava imerso em suas coisas verdadeiras, o advogado as fez sentir que ia deixá-las ao relento. Seu olhar alongava-se para a distância enquanto elas se desesperavam.

Inquieta e aflita, uma das irmãs pediu quase em soluços que ele não as abandonasse agora, que esperasse um pouco. Nesse momento, a irmã mais jovem, sobressaltada, expressou-se com clareza: não queremos ouvir suas palavras que insistem em nos convencer de que devemos desistir da loja. Não quero que você nos apresse e insista em não esperar o tempo que precisamos esperar. Você tem que entender que nada ficou igual. Surgiu um lampejo. O lampejo mudou tudo dentro de mim. Senti com muita nitidez o que fazer para ser mais verdadeira, pois nem sempre enxergamos onde não estamos sendo verdadeiros.

O advogado, não a olhou diretamente e dirigindo-se a todos na sala, perguntou: lampejo? Lampejo? Que lampejo? Do que estão falando?

Foi quando ela olhou-o firmemente, retomou a palavra e, mais uma vez tentou mostrar-lhe uma nova amplidão. O advogado não quis olhá-la e postou-se de uma maneira tão inflexível que realmente sua capacidade de ver e ouvir as coisas se eclipsou. Ele era incapaz de sentir a amplidão, não a levava a sério e deixou transparecer seu desapreço por ela, que ficou muito ofendida.

Assaltadas pelo medo, agora, as irmãs diziam quase humildes: não queremos que o banco desista do aluguel, não queremos ouvir sua argumentação racional e pausada, com sua decisão tomada, não queremos que você já saiba o que é melhor para nós, antes de o sabermos nós mesmas.

Nesse momento parece que o advogado recuperou sua capacidade de deixar as coisas serem o que são e silenciou-se.

No entanto, elas não se acalmaram. Será que ele não percebia que sua ausência de expressão facial era o que fazia com que se exaltassem mais? Na verdade, pelo menos a irmã mais jovem desejava que ele saísse da impassibilidade para a condição apaixonada, onde não existiria nenhuma parcimônia ou seriedade. Sobriedade alguma...

Alguns dias depois dessa reunião, ela se queixara para as irmãs: ele não pode me tratar dessa maneira, sem me olhar, sem me ouvir, sem se dirigir a minha pessoa, respondendo de forma geral o que eu perguntei de forma específica e individual. Talvez queira me provocar e esmorecer ao deixar-me sem a honra da sua atenção. Irmãs, as coisas não passam a existir quando você fala delas, elas já existem. Se você tem uma loja e a loja é bem-sucedida não precisa falar dela para que isso seja real. Já é real. Trata-se da permanência das coisas, da rocha mais firme, do imutável. Sou um ser separado, penso por mim mesma, no entanto esse advogado não me considera assim. Ele vai ver. Isso terá consequências. Se não ouve o que estou falando, haverá de ouvir. Se não me enxerga, irá me enxergar um dia. Tenho direito aos pães do céu!

Nessa hora, suas irmãs se assustaram. Será que Lazinha estava ficando doida? Ou apaixonada?

Mais uns dias se passaram quando o advogado, alarmado com o rumo incerto que o desaluguel estava tomando, decidiu ir à loja para surpreender as irmãs. Melhor dizendo, decidiu visitá-las no tal paraíso em que a loja tinha se transformado. Talvez ali, no Éden, conseguisse convencê-las com maior concretude sobre as coisas muito terrenas e perigosas que estavam envolvidas em uma má decisão! Precisavam compreender que se tratava de uma loja pequena, de futuro incerto, inserida num país de alicerces fracos. Pensem nisso! Daí em diante, conduziria seu falatório para territórios maiores: o difícil momento econômico, a premência de resolver o melhor negócio de suas vidas e isso, sem falar na palavra firmada com o banco.

Chegou desprendido, sem levar sua pasta, verdadeiramente disposto a ver o que quer que fosse. Constatou que de fato havia alegria na rua e parece que provinha da casa. Música de toada calma, risadas e vozes animadas, vozerio bom.

A loja estava toda bonita, um espaço aprazível logo à entrada animava os visitantes. Uma das irmãs conversava com um velho médico da cidade, outra servia suco de pitanga para um pequeno grupo de adolescentes. No espaço contíguo avistou a irmã mais jovem. Foi quando parece tê-la visto pela primeira vez. E a viu realmente.

Ela abria uma grande caixa branca de onde retirou uma camisola de rendas que estendeu no balcão para mostrar para uma cliente. Realçava a beleza da peça, enquanto sorria com delicadeza.

Nesse momento ele a olhou profundamente, quer dizer, nunca a olhara assim antes, quando teria sido uma honra para ela. E a viu inteira, justamente agora, quando ela não o viu e não o percebeu.

Espantosamente, ela continuava mergulhada em seu mundo, com seus olhos sonhadores, atendendo à cliente com uma atenção toda especial, como se nada grave estivesse acontecendo... Séria e compenetrada voltou-se para a estante e retirou um perfume, aspergiu só um pouquinho num lenço branco e o entregou à moça para que o aspirasse. Aguardou sua opinião. A mocinha apreciou o aroma. Logo mais, em tudo parecendo como um lago sereno, pôs-se a dobrar algumas peças de lingerie com beleza e elegância. Suavemente.

O advogado continuou observando-a de longe.

Seria tudo uma questão de ver? De olhar? Sim, existe algum mistério em olhar. Quanto prazer existe em olhar? Como não vê-la?

Decidido, atravessou a sala e caminhou até chegar muito perto dela, que, concentrada como estava, continuou sem notá-lo. Ele aproximou-se mais, segurou-a pelos braços e olhando-a bem nos olhos disse-lhe:

– Lazinha, quero conhecer todos os seus lampejos.

O Nilo

Além dos rochedos sombrios, que formam uma espécie de dique natural, para lá da enseada, espraia-se ponteado de ilhas e de ilhotas o lago, donde o rio – o grande mensageiro do interior da África – parte para levar novas prodigiosas ao mar distante.

Ninguém adivinhou a origem do Nilo.

(Emil Ludwig - O Nilo)

O Nilo é um rio e é um livro.

Sou do país de um rio amazônico. Nada a ver com o Nilo. Nosso rio tem lendas, mitos e felicidades, bem como muita tristeza que os indígenas só vieram a conhecer quando os colonizadores chegaram. Estes diziam que os índios não conheciam a civilização, não faziam a contagem dos dias, desconheciam o nome de cada dia que nunca se repetirá e muitas outras coisas.

Enquanto o Amazonas não conheceu a civilização, o Nilo foi o berço da civilização egípcia.

Fiquei com o livro "O Nilo" depois que tivemos que fazer a partilha dos objetos restantes da casa de nossa mãe. Foi tudo muito apressado, num outubro louco. Normalmente, eu teria largado o livro por lá, até saber o que fazer com ele, mas o combinado era que retirássemos tudo, tudo mesmo naquele exato dia. Nenhuma filha poderia deixar nada para traz, nem mesmo o que considerasse uma tranqueira absoluta. A casa tinha que ser completamente esvaziada e deveríamos levar todos os objetos embora, sem nenhuma exceção. Pensem em como foi difícil: ainda não tínhamos aprendido a nos esvaziar de nada.

O Nilo fez parte da minha vida e foi bom tê-lo trazido comigo. A lombada desse livro era uma realidade da minha infância, cresci com ela, olhando-a. No dia da partilha, todos os livros foram colocados sobre uma arca com tachões e ali ficaram por muitos dias, arrumados e sérios. Era tudo o que sobrara da biblioteca da nossa casa, que era simples, mas pitoresca em certo aspecto.

Houve um tempo em que o casal lia de verdade. Liam Somerset Maugham, Lin Yutang, Vitor Hugo; os escritores brasileiros como Machado de Assis, José Lins e Euclides da Cunha. Sim, imprescindíveis eram os livros que continham uma pitada de sertão e outros sobre moças bem comportadas. Quanta felicidade de família feliz! Cumpriam-se horários rígidos, vacinavam as crianças, davam-lhes banhos de bucha, levavam-nas para tomar sol e ensinavam-lhes sentar-se à mesa com bons modos, isso era importante também.

A madeira da casa, bem como a casa inteira sobreviveu às muitas décadas de transformação. Complexas mudanças do mundo e da sociedade, revoluções, o movimento hippie e tudo o mais não foram capazes de interferir nas paredes, nas janelas ou nas portas. Pessoas e objetos entravam e saíam nas manhãs ou nas madrugadas, em noites de chuva, em festa ou na arruaça, mas a casa sempre permaneceu austera e distinta, silenciosa e receptiva. Aceitou tudo. Sobreviveu aos escândalos e à rebeldia, superou a revolta, o desprezo e a infelicidade. Ameaças não alcançaram seus fins. Filhas partiram para morar longe e nunca mais voltar. Voltaram.

A Rússia teve seu outubro de 1917 e nós tivemos nosso outubro de 2017. Uma verdadeira revolução em nossas vidas porque precisamos tomar a decisão de deixar a casa para sempre, separar tudo que era de todos e sair dali. Entre outros objetos, fiquei com uma chaleira de cinco litros que era da fazenda e da qual já nos havíamos desfeito há vinte anos – mas, sem que soubéssemos ficou guardada todo esse tempo –, um tabuleiro de cerâmica, três formas de bolo e uma de pudim, uma escada, uma panela gigante, um livro caixa dos anos 50 todo escrito com caligrafia perfeita, sem rasuras e o livro O Nilo.

Naquela noite em que nos reunimos para separar e levar embora o resto de objetos sem valor e tudo o mais que ainda insistia em continuar existindo, essa noite já estava sem luz em várias partes da casa porque os lustres haviam sido retirados. Para não nos deixar no escuro, o eletricista amarrou um holofote na ponta de um cabo de vassoura e deixou um fio enorme, de vários metros, que nos possibilitava caminhar pelas salas levando a luz. Era estranho ver uma de nós caminhar à frente levando a lâmpada e sendo seguida pelas demais enquanto tentávamos avistar o que ainda havia para retirarmos, dar um sentido e levar embora. Sombras fantásticas apareciam no teto e no alto das paredes. Nossa casa, devastada pela mudança afrontosa, tinha uma aparência indefesa, fora brutalmente exposta e agora, nos estarrecemos com seu interior distorcido pela estranha luz improvisada. Vimos que ela se transformara em uma vasta e inerme casa fantasma. A casa familiar e querida estava ali: espectral. Não existia mais em sua plenitude, povoada dos encontros e das vozes de antes. Não existia mais.

Em meio ao mundaréu de objetos pelo chão e a escuridão, tivemos que nos sentar pelo chão mesmo e iluminar os montinhos de coisas, tentar enxergar o que fosse possível, separar e sortear um amontoado para cada uma que se incumbiria de levar embora. No entanto, conforme a noite caminhava ficávamos mais excitadas e sem sono até sermos enlaçadas pela urgência de uma secreta razão para não deixarmos passar aquele momento sem tocar, como diríamos, nas nossas coisas de irmãs.

Tento me expressar com o devido cuidado para não ser incompreendida. Já sentia que seria preciso que as coisas ficassem inesquecíveis em nossos corações. Aquele havia sido o horário dos nossos lanches durante muitos anos e isso era importante demais para nós.

Em algum momento, uma irmã desceu as escadas comentando sobre a novela que estava passando na televisão: acontecimentos decisivos, desgostos, exaltações, cóleras, paixões, revanches e tudo o que fosse mais atroz e sul-americano. No entanto, nenhuma novela seria arrebatadora o bastante para concorrer com sete irmãs reunidas pela última noite na casa onde viveram. Já estávamos acomodadas pelo chão sem tapetes, mas bem varrido e passado pano úmido. Foi uma de nós que fez isso durante a tarde. Era assim: nos presenteávamos com coisas singelas e inesperadas, mas para as quais nem dávamos o devido valor. O chão limpinho nessa noite fez a diferença... Quantos detalhes fariam a diferença em nossas vidas...

Uma das irmãs estava com um vestido branco e não queria sentar-se no chão, por isso, acabou arranjando uma banqueta. No entanto, esse lugar, um pouco mais alto, não lhe pareceu agradável conforme nossas conversas seguiam. Não sei bem, mas guardo lembrança, já confusa, de outra irmã, sugerir-lhe sair do banco e sentar-se no chão conosco e ela aceitou.

Foi quando surgiu a grande aventura da noite. A quarta irmã decidiu buscar uma salada de bacalhau em sua casa. E vinho também. Eu já estava imaginando que o máximo que teríamos seria um chá de frutas selvagens para marcar a noite. Não, não, nós celebraríamos o momento com um jantar português e vinho. Mesmo que fosse para fulgurar nossa despedida, sem combinar nada nos vimos em uma região encantada. Éramos complicadas em muitas coisas, mas não podiam menosprezar nosso fascínio por tudo que tivesse sabor, perfume e cor. Sexo também.

A culinária portuguesa era um pouco nossa, assim como o cuscuz do nordeste. Conforme a luz da vassoura iluminava parcamente o rosto de minhas irmãs, fui como que conduzida para uma lembrança longínqua e específica. Quando éramos muito novas, aprendemos a explicar que nosso pai viera do norte. Um dia, fomos repreendidas em razão de usarmos o termo norte para significar nordeste, sempre falávamos assim, não sei porquê. Mas pessoas de fora do nosso mundo nos corrigiram com rispidez: não falem norte, falem nordeste. Seu pai não veio do norte, ele veio do nordeste, veio da Paraíba.

“Dai-nos um norte, meu pai”...

Em nossa noite dos adeuses, estendemos uma toalha sobre o chão, arrumamos com capricho pratos e copos e nos servimos de vinho. Como tínhamos um problema de falarmos todas juntas, marcamos tempo para cada uma ter a sua vez de falar. A luz que fixamos num canto de parede nos tornou jovens e de repente, outra vez meninas. Falamos sobre nosso pai e mãe, tudo o que existia antes, e que preenchia nossas vidas. Uma de nós chorou ao saber que nossa mãe havia sido noiva de um moço ruivo antes de se casar com nosso pai. Ela costumava nos falar: vocês eram para ser todas ruivas!

Mas, as presumidas ruivas nasceram castanhas. Nosso pai era muito inteligente e a nossos olhos, muito bonito. Conversamos sobre quem éramos e sobre a noite que estava assentada em sua pacífica escuridão de abismos. Continuamos assim madrugada adentro e descobrimos que não devíamos expressar tantas certezas, tudo tinha que ser no silêncio, esse mesmo que não conseguíamos fazer perdurar.

Águas, minas, bosques, céus e lugares, saber para onde se vai, mas ao mesmo tempo não saber. De repente, perder o rumo. Foi por aí que nossa noite se estendeu.

Travada nossa batalha de outubro, da qual saímos mais ou menos machucadas, voltei para a paz dos dias iguais e então pude abrir o Nilo. Foi quando li pela primeira vez a dedicatória de afeto da minha mãe ao meu pai no natal de 1948. O livro havia sido um presente dela para ele, nunca soube disso. E aí começou uma grande história do mundo ocidental, porque eu não havia nascido, eles eram namorados, depois o livro entrou em nossas vidas como um objeto da estante que existiu de forma onipresente.

Portanto, um imenso mundo existia antes de nós. O Nilo existia. O ano de 1948 estava acontecendo com nossos pais sem o nosso conhecimento. Eles se presenteavam, jantavam juntos. É incrível pensar que pudessem trocar ideias e conversar à mesa sem a nossa presença. Sem considerar nossa existência. Isso lhes parece banal? Vou lhes dar uma ideia do quanto tudo isso é banal.

Um homem antigo escreveu sobre o Nilo, tudo que sabia e que pôde. Escolheu o Nilo para amar e descrever. A África tem muitas planícies, ele escreve, e nenhuma cordilheira. Hoje, tais afirmações são discutíveis. A África não tem grandes cordilheiras, mas tem algumas. Não é um continente sem cordilheiras.

Tudo o que nos importa mais é descobrir de onde viemos e para onde vamos. Em certo ponto, todos nos perguntamos: onde estamos, para onde vamos? De onde vem a água do Nilo? Vem do lago. E de onde vem a água do lago? Se vem das chuvas, de onde vêm as chuvas? Se eu nasci do amor, de onde veio o amor? Para onde ele segue? Ou para onde foi? E se nasci do desamor? Não saberei.

Um candeeiro que veio da África se perdeu aqui no Brasil e a netinha da dona do candeeiro compôs uma música sobre essa história. Ela havia escutado os lamentos dos adultos procurando o candeeiro que havia sumido. Talvez nunca o tenham encontrado e se entristeceram porque a luz do candeeiro poderia lhes dizer quem eram e para onde iam. Tal e qual a lâmpada amarrada a um cabo de vassoura que iluminou nossa noite de outubro e que nunca mais voltará.

Ninguém adivinhou a origem do Nilo. E eu descobri o livro "O Nilo", justamente agora quando tudo acabou. Quando nosso rio se separou, se desfez e desaguou no mar.

Minha avó cumpria promessas e seu filho me explicava os desejos muito importantes das orações dela. Sou pequena e ele se abaixa para falar comigo, sinto de uma forma abundante a bondade desse homem. Reparo na saia da minha avó uns escritos bordados, parece que leio meu nome, bordado em linha branca.

Nessa época, eu imaginava que o mundo poderia não existir e fixava bem esse pensamento: se a terra não existisse, se o ser humano não existisse e nem bens existissem, se eu não estivesse ali para pensar sobre isso, tudo seria inconsequente, sem significação, desprovido de lógica e até mesmo de qualquer essência. A terra jazeria no infinito do tempo e do espaço sem ninguém para percebê-la. Os animais, que vivem em sua eterna inconsciência não saberiam relatar nada e nada teriam a comentar.

Tudo seria vivo e morto ao mesmo tempo. Vivo, mas inconsciente. Incognoscível. Qualquer vida seria irrelevante. Aliás, toda vida já não é por si só irrelevante? Ou não? Costumava pensar nessa possibilidade e me sentia feliz porque, afinal tantas ordens e definições seriam coisas finitas e mortais, como tudo sobre a terra. Nada seria capaz de pesar mais do que o incognoscível, que, para mim, abrandava o peso de ouvir as mensagens diárias que o mundo humano inteiro insistia em proferir. Ordens, ideologias, códigos e tudo o mais que se devia levar a sério.

As aves da nascente do Nilo, um pouco acima do Equador, sobrevoam cachoeiras. Na minha leitura, soube que tudo que atravessa voando do norte da África e de grande parte da Europa reúne-se nas cataratas, algumas das quais, hoje estão submersas, mas no livro, ainda não. O lago alimenta-se das águas de uma catarata colossal. O rio seria filho do lago. Há ali três nascentes e afluentes poderosos. A paisagem do lago, nas brumas da manhã é invisível por causa dos vapores na transparência da luz. São águas calmas. Bem mais além, havia uma mata virgem impenetrável, para onde voavam os pássaros. A parte baixa da floresta é densa e cheia de silêncios. Mais adiante, o rio segue em forma de rio e se acalma. Surgem embarcações. Um pouco mais longe suas margens se desvanecem e assume feição de lago raso, com nenúfares. De novo, o vemos continuar transformado em curso de rio, volve suas águas para oeste e outra vez torrente, e desponta uma cachoeira com arco-íris perpétuo.

Que bela vida de rio! Quão inóspito e misterioso, particularmente para mim que fui destinada a conhecê-lo por meio de um livro que foi escrito em 1937. Faz oitenta anos desde a sua primeira edição. Cinco bilhões de anos da origem da terra. Todos os homens pagam um tributo ao seu tempo e assim também o autor do livro. Muitas de suas descrições não são aceitáveis nos padrões de hoje, são subjetivas.

Houve um tempo em que a realidade virava o que as pessoas queriam que ela virasse. O que diziam se tornava verdade, mesmo que fosse um contrassenso estrondoso. Hoje o mundo insiste em não passar a ser o que pessoas dizem, porque o disseram. Será mesmo? Acho que os povos continuam a fazer o mundo virar o que eles dizem que o mundo é. Continuam a definir uns para os outros, o que seria o mundo e a falar e refalar sobre o que entendem ser a beleza do mundo.

Nada é tão importante nem tão maravilhoso e não tem que ser. Mas as cachoeiras do Nilo, a montanha da Lua – o Ruvenzori – e o Lago Vitória são maravilhosos. É incontestavelmente real que sejam belos. Quem os considera belos? Pelo menos são reais.

Levamos um grande tempo para saber o que fazer com nossa vida. Recentemente, tomei consciência de um caminho que não trilhei. Ele continua sendo meu caminho. O tempo todo havia um caminho e dessa vez eu pude vê-lo e o vi em sua forma pura, sem nenhum brilho, nenhum disfarce ou rompante. Era um curso de rio, um curso de água de vida que jorra naturalmente. Havia uma possibilidade que tinha o direito de existir, mas não sei porque ainda não consegui me assenhorear dessa parte da minha vida.

Há, portanto, um ponto onde as coisas começam a acontecer. Quando surgiu um lago, e surgiu uma fonte, e então uma cachoeira e depois um rio. Amor não é desamor. O Amazonas não é o Nilo. O alto gelado do Ruvenzori não é a cálida planície. Não se escolhe um lugar inóspito e cheio de abismos para se fazer um jardim.

Hoje chove. A folhagem está magnífica. Estou muito melhor agora que o outubro de 2017 se foi. Sinto-me forte outra vez, mas tenho saudades.

Eu sou a verdade que fiz os rios.

Eu sou como o canal de água imensa derivada de um rio, como o canal duma ribeira e, como um aqueduto, saí do paraíso...

E eis que o meu regato se tornou um rio caudaloso, e o meu rio tornou-se como um grande mar...

(Eclesiástico 24, 40-47)

A visitante

Casas no estilo inglês eram consideradas bem-acabadas por serem forradas externamente com tijolos coloridos, mas os tijolinhos envernizados não eram os melhores, diziam os entendidos das mínimas diferenças sobre as forrações externas das casas. Minha prima, deslumbrada com tais assuntos que nunca pareciam lhe pertencer, arriscava palpitar em todos eles e também em todos os outros quando estava comigo. Ela tinha dezesseis anos.

Nessa época, eu estava tentando fazer um mestrado em educação, vivia ansiosa, extremamente ocupada no trabalho e preocupada com os estudos, quando então fui aceita para o curso. Minha orientadora era uma mulher admirável, mas não me conhecia direito. Tendo me aceitado como sua orientanda, convidou-me para ir a sua casa em certa noite a fim de combinarmos nossos horários e o cronograma do próximo semestre.

A atmosfera daquele tempo me levava a pensar que meus compromissos requeriam muito mais do que eu era capaz de cumprir. O tom existencial era de muito medo, pelo menos para mim. No primeiro encontro com minha professora, queria lhe mostrar o quanto era competente.

Muito embora eu parecesse uma jovem tranquila, lutava para provar muitas coisas. Empenhava-me em mostrar aos meus pais que, apesar de ter ideias progressistas, não era comunista e certificar meus colegas da faculdade que, apesar de ser uma completa burguesa, como me definiam, não era apenas isso, eu tinha ideias avançadas...

Talvez, por estar vivendo em meio a essas correntes opostas, um autêntico suplício, eu não soubesse escolher minhas roupas. Havia ocasiões em que eu pensava que um traje hippie resolveria tudo, em outras não conseguia me decidir por nada, fosse ousado ou clássico, e amontoava pilhas e pilhas de roupas sobre a cama, sem conseguir me decidir por nenhuma.

Quando o dia de visitar minha mestra chegou, decidi que levaria minha prima Suema comigo. Por causa de meu temor e de minha insegurança – isto é, pelas razões menos plausíveis possíveis –, estabeleci que o destemor de minha prima era tudo de que eu precisava naquele dia e ela, eventualmente, ia chegar na mesma tarde. E foi assim que minha prima e o anoitecer transformaram meu medo em alegria rebelde. Nada de tremores, soluços ou ventos impuros. Eu ia construir uma noite para nós.

Convidei dois amigos para nos acompanharem à visita. Eles concordaram com a condição de nos esperar no carro, depois sairíamos juntos para algum bar na sexta feira mais chuvosa dos últimos tempos. Esses foram os remédios que acalmaram minha ansiedade. Quanto às roupas, Suema escolheu as minhas. Fomos vestidas para uma noite na boate.

No longo transcurso, desde a minha casa, caí numa espécie de torpor úmido. A chuva não parava e a umidade se impregnou por baixo das nossas roupas, em todo o carro e acabou com meu cabelo. O de minha prima, não: seus cabelos permaneciam inalterados, cheios e longos, correndo lisos pelas costas quase até a cintura. Eu estava usando um colete para me esquentar, além da blusa de manga comprida, calça preta justa e botas. Comecei a suar, o carro ficou abafado, meus amigos resolveram fumar e o cheiro de cigarro se infiltrou por todos os poros e em cada fio dos nossos cabelos. Sabe essa chuva que cria uma estufa abafada? Foi isso o que virou... minha ansiedade voltou.

Suema, no banco de trás, ao meu lado, continuava altiva e inacessível, em sua beleza morena corada. Ela era uma fusão do oeste e do sul, geografia que a nutria de pétalas e pássaros, mesclada com um toque urbano que a fazia faiscar. Seus trejeitos e modo de falar tornavam-na apimentada e impetuosa, mas Suema não se esforçava por aparentar o que quer que fosse, simplesmente transbordava em seu ser adolescente.

Enquanto a umidade atravessava nossos pensamentos, ela cochichava comigo sobre seus assuntinhos de sexo. Naquela época, mesmo tão úmida, eu vivia sedenta. Sedenta de paz, sedenta de abraços e de música. Não sei porque, havia uma estranheza no ar, pela cidade toda. Não havia festas e, em muitas noites, as boates não abriam. Eu precisava das festas, das boates e da luz negra, essa luz que nos embelezava, bem diferente da luz fria e veemente das nossas casas, que nos intimidava.

Minha prima dizia que, quando conversava comigo, de repente, sentia-se por dentro de um assunto, como se o captasse pelo tom da minha voz. Por exemplo, depois de conversarmos sobre minhas aulas de psicologia, ela se descobria capaz de falar sobre psicanálise, mesmo que psicologia e psicanálise fossem coisas tão distintas, como realmente são, e eu explicava isso a ela. Desnecessário falar: para Suema não havia diferença quanto a pormenores. Dizia que, ao se comparar comigo, sentia-se muito ignorante, mas não se importava. Essa era a prima que eu tinha. Essa era minha prima...

Nós nos dávamos muito bem, apesar da diferença de idade. Suema era uns seis anos mais jovem, mas me acompanhava em tudo. Quando íamos para as festas, maquiava-se com primor, puxava os cabelos para o alto e punha-se a fumar com pose. Oriunda do interior de São Paulo, possuía um sotaque forte, mas que agradava aos rapazes de Minas. Ela não se dava conta.

Nesse momento da minha vida, eu estava lutando para subir profissionalmente e vivia esgotada a maior parte do tempo, tendo que tratar com pessoas difíceis que se sentiam ameaçadas pelos meus ideais de mudança. Estava empenhada em implantar ideias educacionais avançadas e não sentia medo de expressar meus pensamentos inovadores. Mas, em tudo me contradiziam e o cotidiano se tornara mesquinho e sem alternativas. Entrei num estado de dormência acomodada, permitindo que minhas palavras derrapassem nas questões mais simples, enlaçadas por raciocínios rasos e sem esperança, a alma encharcada de dúvidas.

Enquanto estava sufocada pelo medo, derrotas e censuras, minha prima reaparecia todos os meses em nossa casa, trazendo seu frescor imaculado, a inocência de quem quer apenas viver e não investigar a vida. Ela passou a nos visitar desde que conseguiu vir nos voos de um avião de pequeno porte, a convite de um piloto conhecido que, naquela época, fazia essa rota mensal. Sua mãe encomendava perfumes, queijos e outras iguarias de Minas. Para mim, que estava em tempos de aflição, cada vinda de minha prima era um refrigério. Ela sempre chegava ao final da tarde, iluminada por sua alegria ardente e descuidada, cheia de devaneios na cabeça. Qual o traje da noite de hoje? Vestido de tafetá? Visitar um palacete? Alguma festa? Uma visita?

Demoramos até chegarmos ao endereço da casa. Estava um pouco mais frio do que no centro da cidade, mas a chuva amainara. Avistamos a casa, era um chalé. Algumas paredes eram recobertas de tijolinhos aparentes não envernizados, "os melhores", ela cochichou comigo. Sob a luz noturna, a casa parecia estar surgindo do mar, erguendo-se alta contra os morros ao fundo, entre as folhagens. Não pensei que minha professora morasse em uma casa assim.

Logo um vento inóspito se precipitou das montanhas e pude ver o buraco dos relâmpagos. Um chuvisco grosso me inquietou. Toquei a campainha e olhei para minha companheira de aventuras, que sorriu para mim, permeada de sua completa ignorância dos ardores bravios que agitavam meu coração. Desejei apenas voltar para o início dos tempos, terra mágica de índios livres. Eu só pensava loucuras.

Úmida nos braços e respingada de chuva, Suema cumprimentou minha orientadora, que me pareceu cerimoniosa, mas delicada conosco. Eu as apresentei e logo entramos. Ainda não tínhamos nos sentado, quando minha prima perguntou sobre a bola de cristal. Gelei. Percebi que ela estava confundindo minha orientadora com uma vidente, sobre a qual havia lhe falado certa vez. Santo Deus! Suema continuou: aposto que essas cortinas de veludo vermelho são para ajudar a concentrar-se. Eu gostaria muito que você me falasse o que consegue ler em minhas mãos.

A dona da casa limitou-se a sorrir. O que poderia fazer? Foi com custo que desfiz a confusão, ao que minha prima nem se abalou. Irrompeu a falar que conhecia uma família taoísta que praticava leitura da sorte e adivinhação e que também morava em um chalé na sua cidade. Minha professora, amavelmente comentou que considerava o taoísmo uma religião cativante, que apregoa o contato contemplativo com a natureza para alcançarmos uma vida autêntica e serena.

Passaram-se os primeiros instantes e logo depois já seguíamos para outras conversas. Decidi ficar mais atenta. Minha orientadora me fez algumas perguntas e conversamos rapidamente sobre nossos horários e atividades do semestre seguinte. Logo Suema retomou a palavra.

Após um breve intervalo, enquanto tomávamos chá, percebi que minha prima estava com frio e a envolvi com meu cachecol para que se aquecesse um pouco, e seus olhos brilharam à lembrança de alguma nova história. Principiou dizendo que ia nos contar sobre o dia em que virou uma caninana. Minha respiração parou: o que Suema ia falar?

Dirigindo-se à dona da casa, perguntou-lhe: "a senhora acredita que minha mãe recebeu um dia uma carta de desconvite? Já ouviu falar disso? Quando uma pessoa não é convidada para uma festa, mas desconvidada? Eu não sabia que uma coisa assim pudesse existir, no entanto, acreditem, aconteceu e foi escrita. Minha mãe não recebeu nenhum convite, mas recebeu uma carta explicando que não seria convidada para a festa de uma amiga".

"Esse foi o dia em que eu virei uma caninana. No meio da minha raiva, eu pensava: honrar pai e mãe, não roubar, não matar, não levantar falso testemunho, o que foi feito, afinal? Meu pensamento de serpente buscava um mandamento, uma lei qualquer que pudesse esclarecer o pecado cometido contra minha mãe. Mas em casa eu era a única pessoa a falar alguma coisa, quer dizer, a única que gritava e latia. Caninanas latem".

"Meu pai me repreendeu. Ele tem a mania de ser um moderador e velho sábio. Disse que ninguém poderia estar seguro de que não havia alguma confusão ou mal-entendido. Eu não ia brigar com meu pai e então comecei a concordar com ele com a ressalva de que a tal amiga que escreveu a carta, desconvidando minha mãe, devia ter sido um pouco mais discreta".

Nessas alturas, nem eu e nem minha professora sabíamos o que isso queria dizer.

Suema concluiu seu relato contando que sua mãe nada disse e não chorou. Sem lágrimas ou palavras, recolheu-se ao quarto e, naquele mesmo dia, começou a bordar a toalha de mesa mais bonita que já fez para sua filha. Finalmente, Suema suspirou e disse: só superei tudo isso porque sou muito alegre.

Minha prima ia engendrando um hipnotismo geral, não intencional, e nós a ouvíamos meio encantadas. Ela continuava a falar e a "fazer sua visita" e por ali deixava transparecer a liberdade que envolvia sua vida.

Minha orientadora nunca a esqueceu. Durante aquela visita, lembro-me que desisti de interromper Suema, ao perceber que ela seguia estimulada pelo simples desejo de um falar sem fim. Acho que foi a partir dessa noite que compreendi sua grande leveza de alma, sua independência em relação a tudo que fosse obrigatório ou proibido e o que mais me chamou atenção: seu completo desinteresse por manter qualquer ponto de honra. Cedeu a seu pai, desistindo de brigar como uma caninana. Bastava-lhe poder relatar o fato. Ouvindo Suema, eu entrava numa espécie de nuvem de apaziguamento.

A grande diferença entre Suema e eu pode ser evidenciada em um episódio burlesco que nos ocorreu em uma viagem que fizemos a uma praia. Havíamos aprendido a fumar e tínhamos que fazê-lo escondido por proibição dos nossos pais. Talvez, por essa razão, fôssemos assaltadas pela sensação mais vigorosa do prazer de fumar. Estávamos com nossas famílias hospedadas num apartamento de um andar alto num bonito prédio. Em certa tarde, decidimos fumar no corredor do nosso andar. Acendemos um cigarro na trempe do fogão e, em seguida, saímos pela porta da cozinha. Salvo uma ou duas tragadas, ouvimos um barulho de chaves, o que nos obrigou a apagar o cigarro e a descer desabaladamente dois lances de escada. Enrolei a guimba – gíria mineira – num papelzinho de bala e a guardei no bolso do meu macacão jeans. Inesperadamente, o elevador chegou e, ainda tensas, entramos.

Não entrevi mais nenhuma aventura e deixei de me ocupar com o susto do barulho das chaves. O elevador parou no quinto andar. Assomou à porta um bonito homem, bem vestido, de quarenta anos. Aos vinte, eu adorava os homens de quarenta anos que, mesmo sem nada dizerem, mesmo feios ou esquisitos, tinham o poder de fazer meu coração disparar. Eu era fascinada por eles.

Um tempo de calma e agora o inimaginável estava outra vez por acontecer. Não tínhamos fósforos e minha prima não esperava por nada nesse mundo. Resoluta, pediu fósforos ao nosso homem, que prontamente acendeu seu isqueiro a nossa frente e esperou. Naquela época podia-se fumar nos elevadores. Olhei para a linda chama do isqueiro, como se regressasse das maiores solidões. Era inacreditável o que estava por acontecer. Estremeci quando ouvi minha prima me perguntar: "cadê a bituca?", em sua gíria paulista. Não me atrevi a compreender que ela se referia à guimba e que eu deveria retirá-la do bolso e acendê-la diante de um cavalheiro como se eu fosse a última espécie dos seres desprezíveis e mendicantes.

Ouvia sua voz falando da bituca, enquanto permanecia quieta em meus pensamentos e continha a respiração. Alguém ali tinha que compreender naqueles segundos intermináveis que eu não ia de jeito nenhum tirar do meu bolso uma guimba, desembrulhá-la e acendê-la no isqueiro de um homem encantador. Foi então que, em firme atitude, nosso *gentleman* ofereceu-nos seu maço de cigarros de onde cada uma retirou um cigarro, os quais ele acendeu polidamente.

Minha prima nada entendeu naquele dia e continuaria até hoje sem entender meus pudores e crenças. Ela não ligava.

Mas eu continuei a aprender com ela, que me puxava para seu pequeno mundo e seu modo sábio de existir e pensar. No dia do meu casamento, ela morava muito longe e precisei lhe telefonar para perguntar sobre o colar que eu usaria. "Suema, pensei em usar um colar de pérolas, mas o que tenho não é de pérolas legítimas. Tenho um colar de ouro, talvez fique bom"."Não, não, use as pérolas" ela me disse. Ao que eu respondo: mas não são verdadeiras e é o dia do meu casamento. Ela responde: "pérolas são pérolas. Use o colar de pérolas".

Mas não são verdadeiras. Você escutou?

Respondeu-me: são pérolas assim mesmo.

Eu entendi. Para esse tipo de glória, não era preciso uma realidade fundamental, mas a alegria que uma aparência poderia me conceder.

Minha prima voou muito em aviões pequenos, porque foi morar em Carajás quando se casou. Um dia seu avião caiu na mata. Não houve sobreviventes. Desde então, penso muito em sua mãe, que costumava dizer que parava de sentir medo da morte quando conversava com Suema. Ao encontrar-se com sua filha no café da manhã, toda aflição se dissipava. Se Suema estivesse em sua casa na manhã do dia seguinte, a vida continuaria alegre e prenhe de toda consolação.

Tudo é prismático como o céu, a chuva e o orvalho. De que lugar avistamos o que quer que seja? Por quais prismas, por quais pérolas? Virei uma alma sem convicções, apenas sossegada. Suema me apaziguava sem saber disso, numa época em que todos tinham muitas certezas e eu só tinha dúvidas.

Depois que Suema se foi, entrei numa espécie de palácio das não-convicções onde a maior parte dos significados parece combinar melhor com uma certa condição enevoada, dessas que formam a linhagem das moedas de nenhuma certeza.

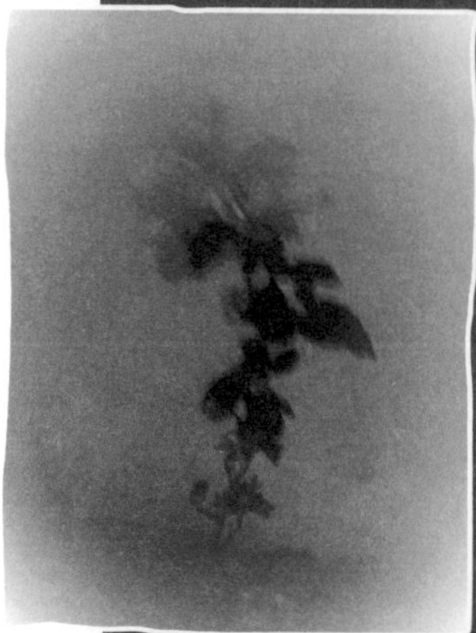

O bosque das complexidades

I - Como uma cidade pode ser tão bela sem ser

As ruas claras albergavam prédios revestidos de granito negro, magnificamente adornados nas fachadas. Nos halls de entrada, escadas suntuosas de corrimãos dourados resplandeciam nos corredores largos, forrados de assoalhos reluzentes e vistosos. Olhávamos e contemplávamos um mundo diferente dos que existiam nos quintais conhecidos, nos arvoredos e descampados que, a bem da verdade, eram bem mais a nossa realidade real. No entanto, a cidade queria ser bela. Havia a esquina da confeitaria com vitrines apinhadas de pães doces, bolos, bons-bocados e brevidades; a velha igreja sumida no meio do comércio agitado, com seus letreiros esmaltados e a catedral no alto, resplandecente. Por toda a avenida e ruas adjacentes, bonitas lojas, galerias e cafés. Os engraxates e mendigos se misturavam aos homens sérios e mulheres apressadas e, no meio de tudo desfilavam mocinhas bem vestidas e impetuosas.

Adail se perdia na cidade. Não sabíamos se era porque as ruas transversais a confundiam ou porque seus pensamentos estavam começando a vacilar. Uma vez, teve que refazer todo seu trajeto ao perceber que estava completamente perdida no meio dos caminhos conhecidos e não conseguia chegar onde quer que fosse. Precisou voltar loja por loja, rua por rua, e assim sucessivamente, a cada lugar por onde havia passado, ao ponto de circundar desnecessariamente toda uma praça, ao invés de simplesmente atravessá-la para conseguir se nortear até alcançar o quarteirão onde tomaria seu ônibus de volta para casa.

Acima de tudo, a beleza de uma cidade precisa ser vista em seus próprios termos, a partir de suas entranhas sujas, seus mistérios e sua inquietação.

Num outro dia, Adail se perdeu muito mais. Foi quando estranhou a beleza de sua cidade. Nesse dia, ela pressupôs que o que lhe ocorrera além de ter sido demasiadamente aterrorizante, fôra de responsabilidade da cidade que ela amava.

Nunca se perdera assim antes. Seus referenciais se extraviaram, nenhuma direção ou qualquer rumo se apresentou. Tremendo muito, recostou-se na amurada de um prédio público, olhou em volta e percebeu que estava em completo pânico. Sentia medo e na verdade, enorme pavor, talvez por causa da dissolução de algo em seu íntimo. E desfaleceu. Pessoas boas a socorreram.

Aparentemente, não houve nenhum acontecimento do mundo real que pudesse sagrar o motivo da sua alarmante e repentina crise de confusão. Nenhuma marca tangível. Ninguém foi morto, nada transcorreu, nenhum evento grave sobreveio. Mas ela desmoronou.

Até então, Adail considerava sua cidade encantadora, mas, nesse dia descobriu que ela podia não ser bela. Talvez ela mesma preenchesse sua cidade de beleza e de um bom olhar, instilando-lhe formosura até nos lugares sombrios. No entanto, a cidade retribuiu seu amor, confundindo-a e enxotando-a de seu centro, levando-a a perder-se de si mesma. Ao invés de nutri-la e protegê-la, empurrou-a para fora de seu coração.

II - Como as coisas podiam tornar-se não acontecidas se as esquecesse

Adail hoje em dia parece calma. Ofereceu-se aos deuses e não será punida. Sua vida voltará à normalidade e talvez sua família fique sossegada. Em meio a tantas complexidades, ela acabou por ser conduzida para os arredores da sua cidade, no meio de um bosque, um lugar sem paralelos em termos de solidão, para acalmar-se.

Entrar no bosque das complexidades significa ouvir caso a caso os acontecimentos, inspecioná-los um a um em suas características particulares e compreender que, entre o tudo ou nada, há todo um espectro de complexidades. Ser realmente forte é não cair nas garras do momento e saber esperar pelo silêncio, que virá. Era o que Adail estava tentando fazer.

Se alguém desejar ir a pé até a habitação no bosque basta seguir pela estrada do Descampado, atravessar pequenos riachos e subir montanha acima. Uma vez tendo avistado as árvores mais altas, terá chegado e conseguirá entrever os telhados vermelhos por entre as sombras. Mas antes de alcançar o topo ainda surgem caminhos densos de verdes e bordejados de luz. O lugar possui a força incomum do que é estranho e pertence às margens, a força dos descaminhos e não das rotas principais. Há desvios no meio do bosque, não dá para seguir qualquer picada, mas as árvores parecem guiar os passos para que ninguém se perca. Cedro, canjerana, guatambu, ipês e algumas árvores jovens, cheias de promessa, tiveram suas mudas trazidas da Mantiqueira por um médico apaixonado. Mais à frente surgem jardins, gramados rodeados por canteiros e alamedas com pinheirinhos. Um pouco além, depois de um talude com plantas, o aventureiro perceberá a presença do mar longínquo, mas não poderá avistá-lo, só sentir seu vento.

Conforme se olha a construção, e isso pode parecer estranho e confuso, consegue-se visualizar, num relance, o primeiro lar onde moramos. Surge a casa da infância, aquela reconhecida nos sonhos por seu cheiro e luz. Qualquer que tenha sido a casa, ela surge de repente acessível e ainda nos pertencendo: o lugar está impregnado de linguagens e aromas que despertam memórias. Entra-se no recinto das palavras soltas, palavras que se perderam, que se soltaram das mãos que as seguravam e das mãos que as recolhiam. Palavras, que talvez tenham nascido perdidas, agora ecoam no bosque.

Adail dizia que havia sido pisoteada pelas palavras e por causa desta experiência desalmada, teve um sonho. Foi o sonho mais importante da sua vida. Sonhou que era um cavalo branco sem cabeça, correndo desembestado pela cidade. O cavalo, por não ter cabeça, era socialmente morto, como que inexistente, mas corria infinitamente como um desesperado. Como ainda era capaz de correr? E de viver?

Adail ficava imaginando como seria a existência desse cavalo, caminhando e correndo sem nada perceber, carregando muito peso, seguindo a tropa e destacando-se como o mais trabalhador dentre todos, sem nada questionar. Move-se pelo mundo, é força de trabalho, mas não possui consciência. Sem nada perceber, nem mesmo seu cansaço, em algum momento cairá ao chão, quando não aguentar mais.

O cavalo deveria comover as pessoas e, no entanto, ele causa uma sensação de horror por sua purgação sacrificial, há nele um quê de vida que tenta alimentar entranhas mortas e isso assusta. Quem poderia imaginar que a lógica por traz dessa morte, que ainda vive, estava entranhada no bosque?

Existem coisas sobre as quais não se pode falar, apenas sonhar. Desse tempo, por assim dizer, data para Adail a procura de sua voz. A linguagem era seu drama e agora parecia não possuí-la mais e por isso passou a querer provar desesperadamente que ainda a possuía, só que de uma forma um pouco diferente.

Uma vez reuniu-se em seu quarto com suas melhores amigas e, em certo momento, falou que se reencontrariam no céu. É uma frase louca de se falar, assim de repente, mas suas colegas estavam acostumadas com ela. De qualquer forma, sua mãe aconselhou-a a esquecer tudo que fosse um pouco excessivo. Quantas vezes sabemos que o melhor é não pensar muito? "Por exemplo, minha filha, ao invés de falar sobre um cavalo branco sem cabeça, por que não falar sobre um príncipe conduzindo um cavalo branco majestoso?"

É sempre difícil encontrar a medida exata das coisas, mas Adail estava tentando aprender. Todavia, a verdade é que lhe faltava seu direito ao saber. Foi-lhe destinado girar em torno do nada ou de todos os caminhos, do invisível ou daquilo que não se é, não se foi, não se fez, não se sabe ou não se tem. Com o tempo, ela conseguiu esquecer seu sonho e o cavalo branco parou de existir. Nunca mais se lembrou dele e parou de falar no assunto. O sonho ficou parecendo que nunca foi sonhado.

Isso prova que, ao deixar de ser lembrado, o cavalo não só

foi obliterado de qualquer contexto como sua realidade deixou de acontecer. Além desta, Adail esqueceu muitas outras coisas, mas permaneceu nesse recinto onde se é meio cega e se carrega uma ingenuidade acintosa que incomoda muitas pessoas. Ela continuou inocente para certos terrenos da vida, mas não nos deixemos enganar: até o fim aquele cavalo branco ia trespassar seu coração.

III - Desejos que não se realizaram continuam desejando existir

Adail encontra-se no fundo do quintal da sua infância e ao longe avista nuvens que a assustam, porque se aproximam como ondas do mar. Aparentemente o que se via a olho nu sobre Adail era sua rebeldia e uma história. Sem esquecer sua beleza.

Fora o que se conseguia ver, algo se passava no fundo e não era perceptível, mas parecia imenso. Águas profundas reviravam seus pensamentos e um dia surgiu o inusitado das palavras e a impossibilidade de qualquer entendimento. Tal fato só foi aumentando em longitude e latitude, sem que Adail pudesse impedir o rolar das ondas. O evento brusco e inopinado ocorrido no centro da cidade foi devastador para ela e, no entanto, deve-se reconhecer que, se contemplado por outro prisma, pode ter sido libertador.

Primeiramente, foi devastador porque incendiou todo seu espaço de amor. Queimou a planície de intimidade onde convivia com seus pais e irmãos, alastrou fogo para seu colégio e cidade, incendiou ideais, desmanchou seu *modus vivendis*, esse lugar que ela considerava seu e de todos que amava, e que, para ela, era mais ou menos sagrado. Matou tudo.

Libertador porque possibilitou a Adail conhecer seus sonhos e resgatar desejos que lhe pertenciam, mas que não estavam disponíveis ou sob a sua posse. Ela viu que não sabia o que se passava com o resto do mundo, mas agora devia levar a sério o que se passava com ela.

Refletiu sobre a sensação de não ter tido paz. No entanto, nessa altura, isso lhe pareceu derrisório e quase romântico. Paz é uma coisa meio utópica, pensou, mas, normalidade não. Esta, ela poderia desejar e tinha o direito de possuir. Eis aí seu desejo. É um desejo que ela tem. Desejos que não se realizaram continuando desejando existir.

Lembrou-se de ter conhecido muitas pessoas que se sentiam gratas ao destino quando eram poupadas de aflições e dissabores. Contentavam-se com felicidade no sentido negativo, ou seja, uma isenção de sofrimento. E percebeu que durante muitos anos desejara apenas isso: ser poupada de sustos.

IV - Ela é para si mesma o que sonhou ser

Tudo é secundário: cidades, cavalos e beleza. Nenhuma palavra toma o lugar principal quando uma pessoa se vê como aquilo que é. Mesmo que ainda não seja, ela será. Ela é para si mesma o que sonhou ser.

Uma flor nasceu virada para o muro e cresceu assim. Não conseguiram distorcê-la e trazê-la para a luz das coisas que estavam acontecendo. A flor ficou de costas, à margem das procissões, das avenidas e dos rios, na orla dos charcos. Mostra-se cansada, enxerga pelo lado de traz e não vê a fachada da frente. Não quer ver nem ouvir, desarma as pessoas pela sua estultice. Vive esvoaçante, a realidade das coisas não a perturba, porque modifica o mundo para conter seus sonhos. Ela vive em sonhos.

Adail tem uma história triste. Quer ouvir o que pergunta e não o que sua mãe precisa falar. Absolutamente nada prepara alguém para a experiência de ver seu próprio mundo tornar-se estranho, intenso e maior. Adail não tinha certeza de que aquilo poderia ser a loucura pura e simples, porque ninguém sabe o que ela pode ser. Até a termos vivido, não podemos estar certos do que ela seja.

Adail tenta expressar-se com clareza e com muito custo consegue. Começa a discorrer sobre o que é muito precioso para ela quando é interrompida por sua mãe: "Adail, será que o sol não está indo muito direto em seus olhos?" Como Adail pode responder, se sua mãe a interrompe na parte mais importante? Ela não pode concluir seu pensamento e, no entanto, existe algo que é premente para Adail, algo que sua mãe diz que só se lembra pela importância que tem para sua filha, para ela não tem nenhum valor.

Adail teria falado sobre o sereno da madrugada, de uma água de batismo feita do orvalho da noite, sobre um mundo que se desmanchou e do qual só sobrou uma música. Sua mãe leva o assunto para outras paragens, tinha o orgulho de falar que sua filha nunca abandonou os traços de civilização, continuou ordeira, cuidadosa e muito limpinha. Manteve a regularidade de seus hábitos de banho, zelo com suas roupas e outras coisinhas. Mas qual o sentido disso para Adail?

De qualquer forma, em certo dia, mãe e filha decidiram tecer uma tapeçaria do deus-sol dos incas e foi quando seus jardins se emendaram. Enquanto teciam juntas pareciam fazer parte de um único ser feliz que viveu num outrora, onde as vidas eram misturadas. Em seus diálogos, planejaram conhecer um vulcão, resgatar uma antiga receita de torta de mil folhas e fazer muitas outras coisas, quiçá dentre elas aquela que poderia levar Adail a ser para si mesma o que sonhou ser.

V - Adail não sabia o que era feito em seu nome

Na história de Adail há um namorado. Ele arrastava a

cidade pelo seu amor. O que ele viu nela, além de uma garota bonita? Ele viu sua alma, um ser ainda não poluído, que tinha timidez e guardava um mundo. Talvez uma flor virada para o muro.

Uma noite, ele a pediu em namoro. Estavam em uma das varandinhas do Dancing Club e ela aceitou ser sua namorada, sem nem saber muito bem como responder-lhe. Ele falava sem parar e ela disse sim. Saíram da festa desceram a escadaria de balaustrada dourada, acessaram a avenida, respiraram fundo, deram-se as mãos e evadiram-se pela cidade. Nas lembranças de Adail, o que marcou foi o perfume de flor de maçã que usou naquela noite e a sensação de que tudo que faziam juntos sobrevinha espontaneamente, era sincero e agradável. Soava bem.

A família de Adail não queria que ela estreasse seus pés no mundo, não queriam que pusesse seu amor fora da casa, qualquer amor que pudesse sentir ou fosse capaz de gerar. Adail sabia amar, mas seus caminhos foram difíceis.

Um dia, ela foi à casa de sua amiga para ambas se encontrarem com seus namorados. Ninguém mais na pequena casa a não ser os jovens. Colocaram músicas do Sérgio Mendes, inebriantes de beleza naquela tarde ensolarada de sol frio. Começaram a dançar, primeiro seu namorado, com as pernas muito compridas, dançando na sua frente e levando-a a conhecer um certo frenesi. Foi quando ela reparou como ele estava bonito com seus cabelos um pouco longos demais para um homem, os braços fortes dos quais ela conhecia o abraço. O olhar! Era muito amor. A atmosfera ia se embebendo de sexo, furor carnal, segredo e perigo. Pecado.

Adail nunca percebeu que se o mundo parecia tão inatingível para si, tão das outras pessoas e nem um pouco dela, era porque algumas coisas estavam impedindo-a de sentir-se familiarizada com o mundo. O que seria? Conforme tudo ia acontecendo, Adail se absteve de ficar chateada, mas notou que, estranhamente, não tinha resposta para as determinações que lhe chegavam de fora. Aos poucos, deu-se conta de que sua alegria estava desaparecendo, tal e qual um anel que desce lentamente para o fundo do mar e, uma vez perdido, não pode ser recuperado. Como isso aconteceu?

Quais os seus sentimentos? Não há descrição possível. Adail não podia chamar o que se passava pelos nomes dados pela linguagem comum... a não ser enxergar que sua vida havia sido partida ao meio por um enigma que talvez se chamasse desatino, alienação ou maluquice.

Foi então que em sua vida não seria mais permitido sonhar com decisões pessoais e profundas. Faziam perguntas por ela e em seu nome. Respondiam por ela e em seu lugar. Apesar de viva, Adail não podia mais falar em causa própria. Se algo estava acontecendo na esfera circundante, diriam que era em razão do grave peso que ela lançara sobre todos e assim, muitas coisas foram feitas em seu nome. Só a colocavam em seu discurso quando o mundo requisitava: quando pronunciavam seu nome, perguntavam por ela, lembravam-se dela.

Um dia, Adail perdeu seu bem-amado. Ficou muito sentida e nada poderia confortá-la. Em meio à inquietação constante, consolava-se ao pensar que era uma moça comum e dizia para si mesma: "não posso esquecer de que sou comum. Eu sou comum. Não sou uma princesa maia, não fui condenada a um rito sacrificial, não sou rara e não sou vítima."

O bom amor, vivido intensamente, revelara o mistério do amor que a gerou, sabe-se lá que amor, que tipo de amor, apaixonado ou submisso, o segredo em volta e a dor às ocultas... Ela era uma jovem comum, incomuns eram os segredos que existiam e que através dela puderam ter um lugar na vida.

Seu eu mais verdadeiro morava nos porões de seu ser, na

simplicidade e silêncio de um lugar com pouca luz. E continuaria a viver assim, encarcerado em seu coração e em seu nome. Mas não adianta ter um nome, é preciso saber o que é feito em seu nome. As pessoas começaram a falar em seu nome, quando o mundo já estava diferente para ela e infelizmente, ele estava ilógico e irreal. Se foi ficando ilógico significa que antes não o era, mas passou a ser e, gradativamente, se desfez.

Com o passar do tempo — e foi muito tempo que passou — Adail não se perturbava tanto como antes e demorou muito, mas um dia conseguiu mostrar a todos que não aceitaria que fizessem mais nada em seu nome: "Não quero o que vocês pensam que podem me dar, eu quero a mim mesma."

VI - Premiar os brutos

Uma família que, seguindo a loucura reinante, costuma premiar os brutos, porque falam as coisas na cara e não sentem compaixão. Não se trata dos indômitos, mas dos brutos, para quem as coisas só são interessantes quando veiculam o ódio, quando encerram a possibilidade de dominar alguém e quebrar sua coluna mestra. Precisam produzir no outro uma alteração de curso malévola. O ódio é apenas um pedaço da verdade, quem se deixa levar por ele, perde a visão do todo.

Adail dizia: "algo em mim pulsa e lateja e não vai aflorar de nenhum bom caminho, nem a partir de bons trabalhos que possa fazer ou a partir da imagem de boa filha. Encontrará um veio de acesso justamente no caminho aberto por mim, nesse dia, como a filha má."

"Uma vez tive um ataque de bandoleira. Eu também sabia ser bruta. Não sei se antes ou depois de minha mãe falar que estava proibida de falar sobre o cavalo branco, a não ser que falasse do príncipe. Havia um azedume... Eu não sou insensata, mas nesse dia fiquei simplesmente desvairada e prorrompi numa luta. Pensei em esganá-la, mas isso me pareceu pouco. Eu queria que ela caísse em si, que se arrependesse de suas palavras e fiquei desatinada por um bom tempo. Esta foi uma das ocasiões que, embora não sejam devidamente lembradas, pude muito bem entender porque eu havia perdido as minhas palavras. Será que minha mãe não via que eu já tinha, além das palavras, perdido meu príncipe? Acabara de perdê-lo. Isso não doía nela? Doía em mim. Eu não era especial em nenhum aspecto. A vida roubara o meu amor que era de meu pleno direito. Nada mais importava".

"Hoje, falta-me a ternura dos tempos antigos. Se me acomodo às coisas do ódio, naquele tempo jamais. Em todas as lembranças estou convencida de que eu queria mudar o mundo pelo amor. Mas agora duvido daquele meu entendimento, a antiga visão de mundo onde a palavra "amor" cabia".

"Uma coisa é padecer pelas perdas e agruras durante a vida, outra bem diferente é enlouquecer. O sofrimento aqui é indescritível, pois já não se tem um lugar para sofrer e todas as pessoas que tentam te ajudar e as que com boa vontade te questionam transformam-se em monstros. Elas se apresentam conectadas a uma subjetividade da qual você parece que foi excluída e isso dá a impressão de que elas têm uma consistência profunda, enquanto que você está solta no ar. Tenho uma coisa que preciso falar: sujeitei-me a eles só na aparência, por dentro estou inteira. Sei que estou. Não vou fingir ser fraca nem dar a entender que preciso deles. Não preciso deles."

"O fluir da vida não está em minhas mãos, mas não vou me deixar levar pelas emoções transbordantes. Hoje quero semear o silêncio para poder enxergar melhor o mundo. Não quero o tudo ou nada, quero o vai-e-vem das complexidades. Imagine se o mundo parasse porque Picasso criou uma obra prima ou por causa de Napoleão. O mundo sempre continuou.

No bosque das complexidades, sonhos e desejos coexistem".

VII - Não te ensinarei o silêncio

Eu tinha meu modo de ser silenciosa. Possuía um silêncio e um modo de me respeitar, era um aspecto da minha natureza. Havia, portanto, o silêncio como mestre do conjunto e mestre da palavra. Sem excesso de palavras, por favor.

Frases retumbam dentro de mim: "Você pode vir a ter as coisas, mas não saberá possuí-las. É convidada para as festas, mas se avacalha. Pode ser bonita mas não saberá possuir sua beleza. Não saberá ficar em silêncio, porque não te ensinarei o silêncio. O silêncio não te pertencerá porque não vou te ensinar a possuí-lo. O silêncio não é para pessoas como você.".

E foi assim que perdi meu silêncio o qual eu possuía antes de falarem que não iam me ensinar a possuí-lo. Por medo de possuir meu silêncio passei a falar. Não queriam que eu tivesse força pessoal sendo silenciosa. Que desejo verdadeiro se esconde atrás deste falar se eu tivesse falado? E se tivesse me calado? Eu vinha de um silêncio, de onde me arrancaram. A fala desse silêncio foi calada e uma fala não silenciosa me foi imposta. Preciso conhecer outros bosques, o mundo espera isso de mim. Quem sabe, simplesmente adentrar um bosque de ciprestes, onde reina o silêncio.

VIII – Conheci a ternura

Sem saber, de dentro de suas águas submersas, Adail liderava um caminho. Talvez, por não ter seu próprio caminho ou, por ter renunciado a ele ou, quem sabe, por ter sido excluída. De qualquer forma, ela era a primeira a desejar o que todos desejariam depois, mas nunca haveria de obter o que outros teriam. Ela sabia que sua energia de esperança precisava durar mais que o ódio destrutivo espalhado pelo mundo e dizia: os filhotes de foca em meio à tempestade colossal precisam sobreviver, a energia das foquinhas precisa durar mais tempo do que a chuva gelada torrencial."

Aos quinze anos, foi dada a Adail a oportunidade de receber ternura, ser compreendida e amada. Isso foi real, seu grande amor existiu, mas acabou.

Muitas auroras e poentes se passaram e, na manhã de um domingo fermentado de paz e que chovia, Adail decidiu levantar-se, aproximou-se da janela e sentiu que estava diferente.

Aprendeu tudo sobre libertação nesta única manhã. Sobrevoou em pensamentos sua cidade do alto, como uma águia que avistasse os prédios e igrejas em sua pequenez de coisas ao longe. Lembrou-se de todas as pessoas que a socorreram no dia em que desfaleceu no centro da cidade e compreendeu que tinha direito à normalidade e ao silêncio tanto quanto elas.

Adail nunca reclamou por ter ficado perdida e jamais chorou. Há um silêncio, o seu silêncio sobre isso, mas debaixo dele dá para escutá-la. O ser humano não é o que você vê, ele é muito mais inteiro e completo.

Na época em que caminhava por sua linda cidade, ela não sabia que muito do que passou a ser e fazer a levariam para o abismo mais tarde. A paz que tentou semear renunciando a sua palavra não foi suficiente para sustentá-la no futuro. Renúncias não salvam. Enfim, tudo que ocorrera antes, como abdicar de sua palavra, aceitar não ser escutada e aceitar ser interrompida, parece ter tido um impacto repentino e totalizante no momento em que se perdeu na cidade que amava.

Foi ali que a represa desabou. As realidades submersas gradualmente a conduziram para o colapso e Adail ficou em suspenso. Ter optado por enevoar a contundência de seus gestos e voltar atrás em suas palavras não a pouparam do desfalecimento. Por que fez o que fez, ela não sabia. Talvez este fosse um segredo que ela mesma não podia conhecer. E permaneceu um mistério para sempre.

Mas agora Adail havia decidido: não ia parar. Sua mãe subestimara a capacidade de sua filha de se recuperar de um revés. Adail superou o medo e passou a revidar e lutar por si, bem sabendo da possibilidade de ser esmagada para sempre. Ela enfim compreendeu que desperdiçar sua energia poderia ser uma forma de não ser ética consigo mesma.

IX - Ainda assim não me sinto ultrajada

Adail conversa com o médico apaixonado que plantava árvores na paisagem. Ele gosta dos quadros que ela pinta, mas Adail lhe diz: "Eu de nada valho se não puder suportar a injúria. Os quadros que tenho pintado, eles podem ser só enfeite, possuem uma bonita fachada e nenhuma força interna. Não resistem à injúria. Quero pintar cavalos."

"Algumas pessoas chegaram a me falar que pensavam que eu fosse mais inteligente do que provei ser, mas que demonstrei ser burra. Talvez me odiassem. No entanto, não me senti ultrajada. Ponderei comigo mesma: elas não sabem o que é estar num estado de confusão e cegueira como eu estivera. Não sabem o que é encontrar-se sem vontade própria, desconectada de si e sem palavras. O coração destroçado. Não sabem o que é estar desse jeito. Não, não era ser burra, tratava-se de outra instância: era estar no abismo."

Todos se sentem injuriados porque Adail não chora diante de seus dramas catastróficos. Ela se recusa a sair de seu silêncio, não ri de quase nada que poderia fazê-la esquecer-se do que não quer mais esquecer. Afirma que discorda por completo do que eles dizem e pensam, mas ainda assim não se sente ultrajada. O mal ocorre em outro ponto: ter sido obrigada a esquecer até seus sonhos sonhados, os mais legítimos.

O médico escuta quando Adail pergunta para sua mãe: "Em quais momentos você precisou de mim e não pôde contar comigo? Preciso mesmo saber." Sua mãe sai e quando volta Adail lhe faz a mesma pergunta e ela responde: "Esquece isso, você não precisa saber."

São Pedro estava na prisão quando um anjo o buscou. Adail continuou sendo para sua mãe o que sempre foi: o anjo que vai buscá-la.

X - O muito melhor estava por vir

A sintonia havia acontecido neste nível inexplicável e impossível de se colocar em palavras. Uma onda finíssima de mistério que abraça suavemente mostrou que o melhor, o muito melhor estava por vir. Adail descobriu que estava recomeçando sua vida do início. Não queria ter nada daqueles que se orgulhavam de lhe dar a liberdade e outras dádivas. Diz que não sabe por que eles pensam que lhe concedem as coisas. "Será que acreditam que têm o poder de não concedê-las?"

Quando reflete sobre sua vida, tudo muda de figura, ninguém consegue assujeitá-la, pois quando o referencial que se toma é o próprio sofrimento o mundo não ameaça mais.

Adail não sabe que entre o desabar da represa, quando desfaleceu no centro da cidade e a manhã de domingo em que compreendeu toda sua vida em um só instante, passaram-se vinte e nove anos.

Diferentemente dos contos de fadas em que os noivos são felizes para sempre ainda na primeira parte de suas vidas, tudo que seria melhor para Adail começou a acontecer no final de sua segunda parte.

Um banho de significados invisíveis, como se fosse o mergulho na água de um batismo, define um lugar para você. Adail fizera de tudo para que o mundo esquecesse ou não visse o lugar onde afinal havia ido parar, mas agora nascia um saber novo e intacto advindo deste exato lugar de desencanto e sofrimento.

Há perdas que transmitem à alma uma sublimidade em que ela se abstém de toda queixa e segue em silêncio, como que sob altos ciprestes negros.

(Friedrich Nietszche - Aurora)

Autora **Maria Helena Lira**

Fotografia **Maria Helena Lira**
Foto do conto "O Desaluguel" **Revista Anuário das Senhoras**
Foto do conto "O Nilo" **Livro "O Nilo - Biografia de um rio" - Emil Ludwig**
Foto do conto "Berlimhorizonte em paz" **Livro "Berlin 1945" - Antonia Meiners**
Foto da autora **Luciana Fonseca Tanure de Castro**

Projeto gráfico e Ilustração **Glaura Santos**

Revisão **Rachel Kopit** e **Valter Braga**

Conselheiro Editorial **Alencar Fráguas Perdigão**

Editora Responsável **Luciana Fonseca Tanure de Castro**

Editor **João Camilo Torres e Renata Figueiredo** (**Casa Semente**)

Assistência Editorial **Sofia Rossi**

Redes Sociais **Claudia Brandão**

Comercial **Cláudia Masini Tonioni**

Tecnologia de Informação **Alessandro Guerra**

Quixote+Do Editoras Associadas
editora@quixote-do.com.br
Rua Alagoas, 1270, sala 304 . Savassi . 30130-168 . Belo Horizonte/MG
www.quixote-do.com.br
(31) 3141.1256

Dados internacionais de Catalogação na Publicação (CIP)
(Câmara Brasileira do Livro, SP, Brasil)

Lira, Maria Helena
A livraria branca / Maria Helena Lira. - -
Belo Horizonte: Quixote Do, 2021.

ISBN 978-65-86942-23-1

1. Contos brasileiros II. Título.

21-67026 CDD-B869.3

Índices para catálogo sistemático:
1. Contos: Literatura brasileira B869.3
Cibele Maria Dias - Bibliotecária - CRB-8/9427

1ª Edição 2021

Esta obra foi composta em Baskerville
e impressa em papel Pólen bold 90g.
na Artes Gráficas Formato
para Quixote+Do Editoras Associadas.

#delivro
#tudocomeçanalivraria
#quixotedo2021

MISTO
Papel
FSC FSC® C092828

PRINTED WITH
SOY INK